LE COMMERCE DES ALLONGÉS

Fiction & Cie

Alain Mabanckou

LE COMMERCE DES ALLONGÉS

roman

Seuil

*57, rue Gaston-Tessier, Paris XIXe*

COLLECTION
« Fiction & Cie »
fondée par Denis Roche
dirigée par Bernard Comment

ISBN 978-2-02-141321-2

www.seuil.com

à Pauline Kengué, ma mère
dont les fables sont peu ou prou reprises ici

à Roger Kimangou, mon père
qui aimait contredire les versions de ma mère

aux jeunes qui m'ont chaleureusement accueilli à Goma et à Bukavu (RDC)
où ce livre a été achevé

Le rêve le plus long
de ta mort

Nouvelle vie

Tu ne cesses de te le répéter au point d'en être désormais convaincu : une nouvelle vie a débuté pour toi il y a moins d'une heure lorsqu'une secousse a écartelé la terre alentour et que tu as été comme aspiré par un cyclone avant d'être projeté là où tu te retrouves maintenant, au-dessus d'une éminence de terre dominée par une croix en bois toute neuve.

– Je respire ! Je vis ! t'étais-tu à ce moment-là murmuré en signe de victoire.

Mais à présent, alors que la clarté du jour pointe à l'horizon, tu n'es plus du tout habité par cette certitude. Les images qui te hantent sont plutôt celles de tes dernières heures, celles d'un trépassé cloîtré dans un cercueil et conduit en grande pompe dans sa demeure finale, ici, au cimetière du Frère-Lachaise.

Tu ne parviens donc pas à te détourner de ces réminiscences, et revois le long cortège t'accompagner dans les principales artères des quartiers de Pointe-Noire. Cette promenade de cadavre qui précède l'enterrement est une pratique courante dans la ville, la population l'accueille tel un hommage à la mémoire du défunt qui s'en irait avec des images d'allégresse. Tu es ainsi porté par six colosses à la musculature saillante, aux épaules carrées, et vêtus de costumes blancs avec des chaussures vernies noires à bout pointu. Ils exécutent une commande et ne sont pas là pour comprendre les raisons de la disparition de l'individu qu'ils colportent. Ils s'en tiennent à l'itinéraire indiqué par les familles éprouvées, personne n'entendra leur voix tout au long de la procession.

Calé dans le cercueil, pendant qu'on te balade à travers les ruelles les plus tortueuses, tu anticipes ce qui adviendra au terme de ce périple. Tu as déjà assisté aux défilés funéraires de ce genre dont certains transitaient par la rue du Joli-Soir où tu as habité avec ta grand-mère jusqu'à ta mort. Tu es de ce fait conscient qu'à la fin on te conduira au Frère-Lachaise où tu ne seras plus qu'un disparu parmi des milliers et des milliers d'autres. Si tu as de la chance tu recevras chaque année d'autres visites que celles de ta grand-mère Mâ Lembé. Tu découvriras de jolis bouquets de fleurs au-dessus de ta tombe les jours de la Toussaint, ou de la fête de l'Indépendance, quoique dans ce dernier cas ce serait une sorte d'ironie du sort puisque la cause de ta disparition est liée à la célébration de cet événement national. Puis, une fois que tu auras été enseveli, le temps s'immiscera dans l'affaire, l'oubli recouvrira la détermination de ceux qui te connaissaient, jusqu'à cette période de la saison sèche où tu ne verras plus une seule âme s'aventurer devant ta tombe. Celle-ci sera prisonnière de mauvaises herbes et hantée en permanence par des espèces variées de lézards ou de serpents noirs qui, d'après les légendes de ton ethnie des Babembés, sont des « âmes sans domicile fixe », en un mot des défunts ayant tellement suscité de torts sur terre qu'ils auraient été métamorphosés pour de bon en reptiles de cimetière…

Tu aurais pu te laisser décourager par ces pensées déprimantes. Au contraire tu les chasses d'un revers de main et cherches d'arrache-pied d'autres moyens de te convaincre que tu bénéficies bien de cette nouvelle vie qui te permettra de te rendre dès que possible en ville afin de régler un certain nombre de choses.

Tu décontractes tes jambes, tu étends tes bras en croix dans le dessein de t'émanciper de la posture fœtale que tu avais prise par instinct en guise de protection au moment où tu étais persuadé que les détritus végétaux expectorés par la secousse terrestre et projetés avec furie par le cyclone échouaient de toutes parts sur toi. Tu fais craquer tes doigts les uns après les autres comme si l'éclatement des microbulles dans tes articulations était la confirmation irréfragable de cette existence.

Tu souhaites maintenant vérifier que tu es capable de saisir les objets. Tu réussis à mettre la main sur un petit caillou aussi rond qu'une bille. Tu le fais tournoyer entre ton pouce et ton index, tu apprécies la sensation relaxante du toucher avant de l'enfermer dans ta paume et, de toutes tes forces, sans te relever, les dents serrées, les yeux fermés, de le projeter dans le vide.

Il y a d'abord un silence qui te paraît interminable, tu entends par la suite la petite pierre rebondir à plusieurs reprises contre le marbre d'une tombe, à trois ou quatre allées de la tienne. Tu l'avais lancée très haut dans le vide, ce qui en soi était une véritable prouesse.

Un large sourire de contentement détend tes lèvres, tu estimes désormais avoir assez de raisons de ravitailler ton humeur joyeuse et de contrer pour de bon la chaîne de ces images de tristesse qui avait obstrué jusque-là tes pensées.

Revigoré par ton euphorie, tu décides enfin de te lever. C'est la première fois que tu te mettras debout depuis que tu as surgi de la tombe. Tu prends appui sur la croix en bois et réussis cahin-caha à te dresser sans la casser. Tu es indifférent aux grincements des articulations de tes coudes chaque fois que tu ôtes la terre rougeâtre sur tes habits. Tu portes une veste orange en crêpe et à larges revers, une chemise verte fluorescente, nantie d'un grand col à trois boutons et aux poignets mousquetaires arrondis. Le nœud papillon blanc est un peu de travers, tu le rajustes en pensant à ta grand-mère Mâ Lembé qui, les jours d'église, ne supportait pas qu'il penche d'un côté. Tu as le sentiment que tu as reçu de l'eau ici et là, ta chemise est en effet humectée au niveau des aisselles, dans le dos et à la hauteur du bas-ventre. Tu as dû transpirer dans le confinement de ta bière, te dis-tu.

Tu observes à présent d'un air admiratif ton pantalon violet à pattes d'éléphant, également en crêpe, puis ces chaussures Salamander rouges vernissées et pourvues de lacets blancs. Puisque ces pompes risqueraient d'entraver ta mobilité, tu te résous à les enlever et à les balancer de part et d'autre de la tombe, lorgnant avec stupéfaction leurs semelles compensatoires démesurées alors que tu n'es pas du tout déshérité de taille.

Il n'y a pas de doute, te dis-tu, ces chaussures t'ont été recommandées à la hâte par un commerçant dans les environs de ton lieu de travail, le *Victory Palace*. C'est dans les parages de cet hôtel français, à la hauteur du rond-point Patrice-Lumumba, qu'on tombe sur le Grand-Marché où chaque jour les Ponténégrins se ruent sur les ballots de vêtements et les cartons de chaussures provenant de France, en particulier de Marseille, de Bordeaux ou du Havre. Les jeunes ont d'ailleurs donné un nom à ces friperies : « *sola* », qui signifie « choisir » en munukutuba. Les habits arrivent au port de Pointe-Noire, compressés, emballés dans du plastique et bien scellés afin de se prémunir contre les vols. Les chaussures sont rangées dans des sacs épais en tissu, également scellés. Les grands commerçants (les Libanais, les Sénégalais ou les Maghrébins) les achètent en gros, les revendent aux petits commerçants (les Ponténégrins) qui, eux, les liquident au détail. Après que les ballots, les sacs ont été ouverts puis démêlés, les chaussures et les habits sont mis en plusieurs tas sur des bâches déployées à même le sol au cœur du marché par les petits commerçants. Les clients les reniflent tels des canidés, les essayent sans se soucier des gens qui les voient se dévêtir en public. Ils mettent leur choix de côté, entre leurs jambes, ne décident de passer à la caisse qu'après avoir obtenu un rabais considérable, surtout s'ils ont détecté un fil qui déborde, un bouton qui manque, une étiquette mal arrachée ou une tache, même la plus microscopique. Peu importe que celle-ci ne soit visible qu'aux yeux de l'acheteur, le client est roi, c'est ce qu'il voit qui compte. Aucun prix n'est taillé sur du marbre, tout est « à débattre ».

Si tu sens sur toi l'odeur des *sola*, qu'ils aient été achetés en ballots ou alors, toujours dans ce Grand-Marché, mais dans la boutique de ton commerçant préféré Abdoulaye Walaye, hypothèse qui te paraît la plus vraisemblable, c'est une autre odeur qui domine, celle de l'eau de toilette Mananas que l'on répand d'ordinaire sur les cadavres et qui se vend dans les échoppes des Libanais. Le Mananas, personne à Pointe-Noire ne s'en aspergerait, autrement ceux qui le croiseraient le prendraient pour un revenant, voire pour quelqu'un qui travaille dans un cimetière ou à la morgue.

Tu ne te rappelles pas pour l'heure à quel moment cette senteur s'est retrouvée sur tes vêtements. Tu as néanmoins le souvenir que tu n'as pas changé cet accoutrement depuis presque cinq jours, ce qui signifie que tu as été enterré avec les mêmes habits…

Monde à l'envers

Tu inspectes avec appréhension les parages.

Le silence et le brouillard matinal qui perdurent atténuent l'exultation qui t'avait gagné jusque-là. En fait, rien ici ne semble avoir été chamboulé ou remué de fond en comble comme tu l'aurais pensé : la terre ne porte aucun stigmate de choc sismique, à se demander si cette secousse que tu as prétendu ressentir il y a maintenant trois heures et ce cyclone qui t'aurait aspiré puis catapulté au-dessus de ta tombe ne seraient pas les fruits avariés d'une imagination dont tu n'aurais plus aucun contrôle.

Par ailleurs, sortir d'ici n'est pas une mince affaire pour toi. Non pas que quelqu'un t'en empêcherait *manu militari* mais parce que tu sens que quelque chose ne tourne pas rond et qu'il ne suffit pas de se ruer dehors sans mesurer le pour et le contre ou sans avoir entendu les mésaventures de ceux qui t'ont précédé. C'est pour cela que tu es immobile devant ta tombe, les bras le long du corps. En face de toi, à peut-être trois cents mètres, tu aperçois un croisement de plusieurs allées avec une immense fontaine d'eau au milieu. Tu hésitais tout à l'heure sur laquelle de ces allées emprunter. L'une d'elles, la plus large, celle que tu étais tenté de suivre, te paraît infinie, avec pour perspective lointaine une minuscule demeure ronde, ou plutôt une sorte de petite case surplombée d'une croix sur laquelle trône un corbeau géant tandis que d'autres, moins impressionnants, posés sur la toiture, coraillent ou somnolent sur une patte.

Au-delà de tout, ce qui t'alarme le plus c'est ce dont tu viens de te rendre compte : en réalité tu perçois les choses à l'envers, avec la sensation que tu as la tête en bas, les pieds en haut et que la case lointaine que tu distingues au bout de la grande allée est, elle aussi, renversée. En somme, ce que tu entrevois devant toi est dans ton dos, et ce qui est dans ton dos est devant toi.

Peut-être que c'était ainsi dès le départ, que c'était pour cela que tu avais ressenti le tremblement de terre et le cyclone, mais dans ta gaieté absolue, au lieu de prêter attention, tu as préféré d'abord te persuader que tu étais vivant, que tu pouvais respirer, saisir les objets, projeter un caillou, alors que les repères n'étaient plus les mêmes qu'auparavant.

Ne te frotte pas les yeux, rien n'y changera.
Le ciel ? Ne le cherche plus en haut, il est là, en bas.
La terre ? Ne la cherche plus en bas, elle est en haut.

Les multiples allées en face de toi, y compris la plus large qui t'intrigue, deviennent des lignes distordues, mouvantes, voire circulaires et scintillantes. Elles s'entremêlent les unes aux autres, corrompent ta vue, te causent des céphalées et des douleurs abdominales. Ces étourdissements s'accroissent quand tu vois des avions voler en bas et non en haut, te donnant l'illusion que tu pourrais t'écraser sur eux. Par instinct tu te casses en deux à leur passage. Tu sais à présent que si tu souhaites avancer, tu dois reculer ; et si tu souhaites reculer, tu dois avancer. En fait, tu es moins indisposé par ce qui se déroule en haut (c'est-à-dire sous tes pieds), que par le trafic aérien d'en bas (c'est-à-dire sous ta tête). Tu ne t'étonnes plus que tes empreintes sur le sol soient retournées, comme si tes yeux et tes pieds s'étaient querellés et, dans leur désaccord absolu, avaient décidé d'emprunter des chemins différents sans solliciter ton approbation…

Puisque tu as désormais de la peine à détacher tes pieds du sol, chaque pas te recommande un effort plus qu'herculéen, et dès que tu arrives enfin à l'exécuter, ce pas résonne dans ta tête tel un tremblement de terre qui te replonge dans la secousse terrestre que tu crois avoir vécue quelques heures plus tôt. Tu t'efforces néanmoins d'avancer, déterminé, avec à l'esprit la sagesse traditionnelle du caméléon, celle que tu avais apprise sur les bancs de l'école primaire du quartier Trois-Cents. Monsieur

Malonga, votre instituteur, vous racontait la parabole de ce reptile vénéré par les peuples en Afrique. Quand le caméléon prend une direction, il ne tourne pas la tête mais plutôt son œil afin de ne pas s'écarter de son objectif. Quand il bouge vers l'avant, c'est avec prudence : il regarde d'abord en haut, puis en bas dans le dessein de se renseigner avant de se fondre dans le décor.

Tu entends l'instituteur Malonga parler de sa voix grave, saluer cette sagesse des temps anciens, celle que tu souhaiterais aujourd'hui convoquer dans l'espoir de te retrouver dehors.

Tu te le répètes : prendre une direction, ne pas tourner la tête, mais ton œil ; regarder en haut, regarder en bas jusqu'au moment où tu dénicheras cette issue qui te permettra de te retrouver de l'autre côté et de descendre en ville pour en finir avec ce qui t'alourdit le cœur.

Et tu te donnes du courage en te murmurant : « Moi, Liwa Ekimakingaï, je suis un caméléon, un vrai caméléon. Oui, je le suis… »

Hélas, à la différence du caméléon qui, lui, avance, toi tu tournes en rond depuis des heures avec l'idée erronée que tu as beaucoup marché, que tes pieds, engourdis, exploseront bientôt. La distance d'une tombe à l'autre te paraît abyssale. Ta respiration est saccadée alors que tu n'as pas le souvenir d'avoir hâté le pas ou entrepris des foulées. Tu as la gorge sèche, tu donnerais ce que tu as de plus cher, donc ton âme, pour boire de l'eau fraîche que tu devines provenant d'une rivière limpide bordée d'arbres fleuris d'où te parviendrait le ramage le plus mélodieux d'espèces d'oiseaux que tu découvrirais pour la première fois pendant que tu serais assis sur une pierre, contemplant avec émerveillement le courant majestueux de l'onde et les cabrioles des poissons aux écailles les plus flavescentes.

Ce que tu aperçois et dont tu voudrais te rapprocher s'éloigne au rythme de chacun de tes pas, et quand tu penses y être parvenu, le tout se retrouve derrière alors que c'est devant toi. Tu baisses les yeux, tu relèves avec déception que si tu t'es de temps à autre déplacé, ce n'était qu'autour de ta tombe, ou deux ou trois tombes plus loin, mais jamais au-delà, et que ta croix en bois est plantée là, que tu ne portes que des chaussettes, que tes chaussures Salamander sont éparpillées çà et là, que ta veste orange en crêpe à larges revers que tu as tombée traîne à côté, que ta chemise verte fluorescente au grand col à trois boutons et aux poignets mousquetaires arrondis n'est plus humectée au niveau des aisselles, dans le dos et près du bas-ventre grâce au soleil qui s'est levé et qui a vite absorbé cette humidité sans néanmoins venir à bout de ces taches récalcitrantes qu'on prendrait aisément pour les contours de quelques contrées du monde crayonnées par un talentueux cartographe.

Tu as toujours ton pantalon violet à pattes d'éléphant, tu sens une forte odeur de Mananas – mais ici cela ne surprendra personne.

L'angoisse et la prostration que tu avais réussies à juguler au départ te gagnent de nouveau. Tu t'affales sur ta tombe, au même endroit où tu t'étais déjà péniblement mis debout. Tu comprends que tu ne pourras pas brûler les étapes, qu'il y a des éléments qui échappent encore à ta volonté.

Tu entends le bruit des feuilles d'un arbre que secoue la brise. C'est un manguier dont tu n'avais même pas noté jusqu'à présent qu'il était à côté de ta tombe. Tu devrais t'en réjouir car tu es le seul à bénéficier du privilège de reposer au pied d'un arbre fruitier. L'air que celui-ci dispense grâce à la connivence de ses feuilles avec le vent te procure un calme, comme si des forces invisibles te berçaient et te consolaient.

Te voilà accoutumé à cette agréable indolence, et tu tombes peu à peu dans un profond sommeil, sans te rendre compte que tu es entré dans le rêve le plus long de ta mort…

Comme l'envol de cormorans

Les images se bousculent dans ce rêve le plus long de ta mort. Elles surgissent sans un ordre particulier, suivent les caprices et les fantaisies de ce songe qui leur affecte une autonomie que tu n'avais jamais ressentie dans tes rêves habituels. Il y a les images de tes quatre jours de funérailles qui interfèrent avec celles de ton enfance ; puis celles de ton adolescence avec les lieux de Pointe-Noire, les personnages, ou les principaux faits qui ont marqué ton existence.

Tu éprouves un immense bonheur, rien ne te résiste, aucun obstacle ne se dresse sur ton chemin. Tu viens d'étendre les bras, et tu t'envoles d'un endroit à un autre avec l'aisance d'un aigle. Oui, tu découvres que tu possèdes maintenant des ailes, que tu n'as plus rien à envier aux cormorans, ceux-là que tu admirais dans ton enfance et qui survolaient la Côte sauvage, fiers de dominer la pesanteur dans une élégance d'envol qui te laissait songeur, et tu te demandais alors ce que tu ferais si un jour tu pouvais, toi aussi, voler comme ces oiseaux aquatiques.

Mais voilà, tu voles maintenant. Tu prends de l'altitude, et de là-haut tu aperçois les toitures délabrées des quartiers populaires. Tu suis pendant un laps de temps les sinuosités de la rivière Tchinouka qui charrie les immondices vers l'océan Atlantique. Tu observes les embouteillages des autobus et des pousse-pousse aux carrefours les plus bondés de la cité. Tu passes par le centre-ville et scrutes son architecture coloniale qui tranche avec le désordre des constructions enchevêtrées les unes aux autres dans les quartiers Mouyondzi, Mvoumvou, Kilomètre-Quatre ou Mbota.

Tu voles, tu voles encore plus haut avant d'entreprendre, avec la grâce des cormorans de ton enfance, la descente dans les environs du quartier Trois-Cents où tu vivais.

Les gens se sont regroupés autour de toi et t'applaudissent. Tu es ému par cet accueil à ton atterrissage, surtout qu'on te couvre de compliments :

– Bravo Liwa Ekimakingaï ! Bravo !

– Tu voles comme Superman !

– Comment on se sent là-haut, hein ?

Tu t'es posé, tu as étendu tes bras le long de ton corps. Tes ailes se rétractent, disparaissent à l'intérieur de chacune de tes omoplates. Tu sais désormais qu'il suffit que tu lèves les bras bien haut et les agites à plusieurs reprises pour que ces ailes réapparaissent et que tu décolles.

Tu salues le groupe qui t'a applaudi. Tu te déplaces dans les ruelles du quartier Trois-Cents où d'autres personnes te saluent depuis la porte de leur parcelle ou la terrasse de leur résidence. Certaines te demandent où tu étais passé depuis hier. Tu leur réponds que tu t'étais retiré dans la forêt pour te reposer et qu'à présent tu rentres à la maison où t'attend ta grand-mère, Mâ Lembé. D'autres te proposent de manger, de prendre un pot avec eux. Tu déclines leur invitation, tu t'excuses, tu leur expliques que ce sera pour une prochaine fois car Mâ Lembé s'inquiète de ne t'avoir pas vu depuis la nuit de la fête de l'Indépendance, le 15 août, et cela fait maintenant plus de cinq jours. Tu lis la déception sur leur visage, tu leur formules à nouveau des regrets et poursuis ta route.

Alors que tu marches depuis plus de trente minutes, tu t'inquiètes de ne plus retrouver le chemin qui conduit vers la maison où tu avais toujours vécu. En principe tu n'en aurais pas eu pour plus d'une dizaine de minutes. Ce dont tu es certain c'est que ta rue est celle du bar-dancing *Joli-Soir*, ou plutôt que l'établissement est situé dans cette rue, et si tu le retrouves, votre domicile ne sera plus qu'à quelques enjambées.

Ravalant ton orgueil – parce que tu crains le ridicule de solliciter de l'aide –, tu te renseignes auprès des jeunes qui jouent au damier devant une parcelle où la construction de la maison n'est pas achevée mais qui est déjà habitée.

À peine leur as-tu dit bonjour qu'ils poussent des cris d'épouvante :

– Au secours ! Au secours ! Au secours !

Ils abandonnent leur jeu, prennent leurs jambes à leur cou tandis que tu restes là, stupéfait de leur attitude.

Tu reviens sur tes pas, convaincu que ces jeunes, dont certains ont ton âge, sont des crétins de la dernière espèce qui consacrent leur temps à entretenir l'oisiveté et la paresse.

Tu arrives à l'endroit où tu avais atterri sous les ovations. Tu as encore l'écho de ces voix émues de te voir descendre des airs et replier tes ailes.

Hélas, les mêmes individus qui t'applaudissaient et scandaient ton nom prennent également la poudre d'escampette à ton approche. Quatre d'entre eux résistent cependant et ont l'air de chercher l'affrontement. Les voilà qui s'avancent vers toi d'un pas décidé. Ils ont des corps d'humains avec des têtes de différents animaux : une hyène, une musaraigne, un orang-outan et un requin blanc.

– Retourne au Frère-Lachaise ! te crie l'un des gaillards, celui à la tête de requin blanc.

Celui à la tête d'orang-outang renchérit :

– Oui, retourne chez toi !

L'Homme Musaraigne lance :

– Tu affoles les enfants, les chiens deviennent hystériques à cause de toi !

L'Homme Hyène est catégorique et plus menaçant :

– Si tu ne retournes pas maintenant, tu vas mourir une deuxième fois !

Alors qu'ils exhibent des bouts de bois, prêts à t'assommer, tu leur réponds d'un ton conciliant :

– Les gars, vous vous trompez, on s'est vus tout à l'heure, je cherche la rue du Joli-Soir, je veux regagner mon domicile, je suis vraiment fatigué, laissez-moi passer, je vous en supplie…

– Dégage d'ici ! Va rejoindre ceux qui te ressemblent ! lancent-ils en cœur, de plus en plus agressifs.

C'est à ton tour de t'enfuir comme un voleur de fruits et légumes au Grand-Marché devant ces ogres qui projettent leurs bouts de bois dans ta direction et semblent avoir une occasion en or de se divertir…

Parvenu à la hauteur d'un lopin de terre vide, loin de tout, tu essayes de redéployer tes ailes afin de t'envoler. Plus rien ne ressort de tes omoplates. Tu dois marcher, continuer à longer cette avenue de l'Indépendance, tu te fies à ton intuition, tout en espérant qu'elle ne te reconduise pas devant ces personnages antipathiques qui te pourchasseraient avec des bouts de bois.

Tu demeures confiant, tu finiras bien par retrouver le quartier Trois-Cents et la rue du Joli-Soir…

Comme un goût des boules d'ambiance

Tu as eu raison de ne bifurquer à aucun moment de l'avenue de l'Indépendance qui forme une parfaite perpendiculaire avec la rue du Joli-Soir.

Te voici au niveau du bar-dancing *Joli-Soir*. La maison de ta grand-mère n'est qu'à trois parcelles de là, et l'établissement est actuellement fermé. Ce qui est toujours le cas lorsqu'il y a un décès à proximité. Pour le commerçant, c'est à la fois honorer le défunt et éviter de troubler les funérailles au risque de causer une atmosphère compétitive entre ceux qui se divertissent, dansent de joie et ceux qui chantent et pleurent de chagrin.

Tu restes debout devant votre parcelle, intrigué par autant de monde agglutiné à l'intérieur. Tu peux apercevoir de loin ton propre corps placé sous un hangar de feuilles de palmier avec, autour, des femmes d'un certain âge en larmes. Tu n'aimes pas cette image dans une telle posture, et tu refuses de croire que ce cadavre qu'on veille c'est toi, Liwa Ekimakingaï. Tu voudrais plutôt te retirer dans ta chambre afin de te reposer. Mais pour cela il te faudra fendre cette assistance généreuse et compatissante venue entourer ta grand-mère dans sa douleur.

Tu n'y arriveras pas puisque tu as dépassé le nombre de fois où, comme le rapportent les légendes de ton ethnie des Babembés, un trépassé pourrait se voir. Il ne le peut en principe que deux fois. Tu ne pourrais de ce fait être au même moment dans ce lit de mort sous ce hangar, puis au Frère-Lachaise où tu es plongé dans le rêve le plus long de ta mort, et vouloir, dans un troisième temps, aller t'enfermer dans la pièce de ton enfance alors que les personnes présentes chez vous témoignent leur solidarité à ta grand-mère.

Quelques bribes de conversations arrivent jusqu'à toi. Ces femmes autour du cadavre félicitent ta grand-mère d'être une propriétaire foncière « sans l'aide d'un homme ». Tu poses alors ton regard sur la maison en planches qui te paraît encore plus petite en rêve et légèrement obliquée vers la rue, comme si elle épiait ce qui se tramait du côté du *Joli-Soir*. C'est pourtant là-dedans que tu as vécu toute ta vie, et tu occupais l'une des deux chambres. Les tôles de la toiture nécessiteraient d'être remplacées, tu avais promis de t'en occuper, tu ne l'as pas encore fait, elles laissent passer les eaux de pluie, et pendant la saison sèche les hirondelles et les martinets noirs nidifient entre les traverses de la toiture.

Ne pouvant être trois fois au même moment dans des endroits différents, tu renonces à te planquer dans ta chambre et restes là, debout en statue de sel tandis que se déroule sous tes yeux, mais surtout dans tes pensées où se bousculent les scènes de ton enfance dont cette rue du Joli-Soir couve certains des moments les plus inoubliables. Tu te retournes donc vers cette artère, fasciné par l'affluence qui ne cesse de s'accroître devant votre concession. Bientôt les personnes qui viennent à ta veillée occuperont une bonne partie de l'artère.

Pour toi, la rue du Joli-Soir est la plus belle au monde. On y vend des brochettes de poulet et de viande de mouton. L'air sent les « boules d'ambiance », ces beignets soufflés grâce à la levure. Leur odeur, agréable, efface la vision de ce cadavre au milieu de votre parcelle, réveille cet enfant unique que tu étais, celui qui errait dans les rues de cette ville ; celui qui courait pieds nus le long de Côte sauvage, la chemise ouverte ; celui qui revenait toutefois à temps, juste au moment où la seule personne qui comptait pour lui, sa grand-mère Mâ Lembé, avait préparé son plat préféré : les haricots aux poissons salés avec des feuilles de manioc pilées et servies en guise de complément.

Cependant, ce plat n'a pas le même goût dans ton rêve : le poisson n'est plus du tout salé, les haricots sont avariés, et les feuilles de manioc maladroitement pilées. Non, ce n'est pas Mâ Lembé qui l'a cuisiné, elle ne l'aurait pas raté de la sorte. Il ne provient pas non plus des restaurants des environs de la rivière Tchinouka, ils perdraient leur clientèle. Tu n'as pas le choix, tu manges, tu accompagnes le tout avec les boules d'ambiance, et tu ressens leur arrière-goût d'œufs mélangés à la farine, au lait, au sucre et au beurre. Ce sont les Béninoises installées dans la ville depuis les années 1960 qui vendent ces beignets. Mâ Lembé t'envoyait en acheter chez elles, ou alors elle s'en chargeait elle-même pour te faire une surprise lorsque tu avais bien travaillé à l'école – et de ce côté elle n'a jamais été déçue, tu étais parmi les bons élèves de l'école primaire du quartier Trois-Cents. Il arrivait aussi qu'elle t'achète les boules d'ambiance lorsque tu t'étais comporté de manière irréprochable auprès de personnes âgées et que tu les avais aidées à traverser la rue, à retrouver leur domicile ou à éloigner les chiens rachitiques et galeux qui, les crocs dehors, aboyaient avec acharnement à leur passage.

Dans ce retour en enfance, plus tu manges ton plat avec des boules d'ambiance, même s'il n'a plus le goût authentique de la cuisine de Mâ Lembé, plus tu te revois sur les bancs de l'école, dans la rangée du milieu, calé entre deux de tes amis et camarades, Jose Manuel Lopes et Sosthène Mboma. Vous ne vous étiez pas quittés depuis l'école primaire jusqu'au collège, et vos familles se connaissaient.

Les parents de Jose Manuel Lopes étaient originaires de l'enclave du Cabinda, s'étaient exilés à Pointe-Noire depuis que l'Angola avait annexé leur territoire riche en pétrole et très convoité par les grandes puissances européennes. Papa Lopes était un militant de la résistance du Front de Libération de l'État de Cabinda. Les membres de cette opposition étaient traqués, et la plupart avaient dû fuir le Cabinda. Dans le quartier, on ne l'appelait pas par son nom, on l'avait surnommé « l'Opposant ». Grosses lunettes d'intellectuel, la démarche calme, il portait d'ordinaire des vestes sahariennes avec une casquette arborant une image de Che Guevara ou une grosse étoile rouge.

Jose avait deux sœurs cadettes, Lesliana et Ana Clara nées à Pointe-Noire et dont les parents plaisantaient qu'elles n'étaient pas des Cabindaises, mais des Congolaises. Les enfants aidaient leur père à afficher des tracts dans la ville, et l'on voyait sur ceux-ci des images insoutenables de Cabindais malmenés par le régime angolais, quand ils n'étaient pas exécutés dans le but d'intimider l'opposition et le gouvernement cabindais symbolique installé en Europe et que l'Angola, naturellement, rejetait, demandant à la communauté internationale d'en faire autant.

La famille Mboma, quant à elle, venait d'Oyo, dans le nord du pays. Papa Mboma travaillait au Chemin de Fer Congo-Océan comme contrôleur de train dans le trajet Pointe-Noire-Brazzaville tandis que Maman Mboma, qui revendiquait son statut de « ménagère », s'occupait seule de leur fils unique Sosthène, le père étant chaque fois en déplacement. Papa Mboma était connu dans le quartier comme « le Nordiste », la population se demandait si les gens de sa région ne l'avaient pas un peu banni en le faisant travailler dans le Sud alors que ce sont les nordistes qui gouvernent le pays. Il aurait en effet pu vivre à Brazzaville et profiter de son avantage de nordiste pour obtenir un poste politique. Mais lui s'en foutait, il aimait le chemin de fer et les trains depuis son enfance. Il collectionnait même des miniatures de locomotives que Sosthène te montrait en cachette.

– S'il me voit toucher à ses trains, il va me pendre ! t'avertissait ton ami.

Et voilà Sosthène qui te détaillait les modèles de ces trains en miniature, il y avait des locomotives en diesel, il y en avait à vapeur, d'autres électriques de la marque Jouef ou Vespa, avec un logo de la Société Nationale des Chemins de fer Français, la SNCF.

Dans le nord du pays il n'y a pas de trains, il n'y a pas de chemin de fer. Papa Mboma avait exaucé son rêve en réussissant au concours d'entrée au Chemin de Fer Congo-Océan. Il n'avait pas de doute qu'il travaillerait dans le Sud où, une année après sa prise de fonction, il allait tomber sous le charme d'une sudiste, Maman Mboma, avec qui il aura un enfant, ton camarade Sosthène.

Les familles Lopes et Mboma avaient un immense respect pour ta grand-mère. Maman Lopes et Maman Mboma passaient dire bonjour à Mâ Lembé au Grand-Marché. Et les trois parlaient de tout, surtout du comportement de leurs petits, puis elles se promettaient de se revoir dans le quartier, mais les domiciles des unes et des autres étant quelque peu éloignés, ces promesses demeuraient sans lendemain et, malheureusement, elles ne se revoyaient la plupart du temps que pour de mauvaises raisons, lorsque votre trio avait fait parler de lui en mal et que les plaintes ne cessaient de s'accumuler…

La mort a eu peur de moi

Jose, Sosthène et toi étiez inséparables durant votre adolescence. Tu avais vite pris le dessus sur tes deux camarades de classe, non pas parce que tu avais un an de plus qu'eux, mais pour ces histoires que tu leur racontais depuis l'école primaire et auxquelles ils prêtaient une oreille plus qu'attentive. Ils t'écoutaient sans broncher même lorsqu'ils se doutaient bien que tu les menais en bateau, rajoutant un peu de sel ou de piment çà et là afin de maintenir leur attention.

Les fois où vous alliez ensemble à l'école, ils te croisaient au bout de la rue Joli-Soir puis, avec vos sacs à dos scolaires presque identiques – vos parents les avaient achetés chez le même Libanais du Grand-Marché –, vous empruntiez l'avenue de l'Indépendance, vous marchiez pendant plus de deux heures jusqu'au collège communiste des Trois-Glorieuses, au croisement des avenues Jacques-Opangault et Amilcar-Cabral.

Tu adorais la géographie pour la découverte de ces espaces lointains que tu rêvais de visiter quand tu serais grand. Cependant, à la différence de Jose le Cabindais, tu n'appréciais pas du tout l'Histoire à cause des dates qu'il te fallait retenir, lui était ouvert à cette discipline, certainement à cause du parcours de son père. Celui-ci devait parler à ses enfants, à table ou avant de se coucher, du sort tragique du Cabinda.

Comme Sosthène, tu étais plutôt calé en orthographe et en rédaction. Pour bien t'inspirer dans tes devoirs – et aussi nourrir les récits que tu allais raconter à tes camarades –, tu dévorais des livres empruntés à la bibliothèque Charles-Miningou au cœur du quartier Mouyondzi. Mâ Lembé payait chaque année ton abonnement dans cette bibliothèque, et elle se sentait rassurée lorsqu'elle savait que tu t'y trouvais, que tu ne vagabondais pas du côté de la rivière Tchinouka avec tes deux complices. C'est la Chine qui avait construit ce bâtiment et fourni les livres provenant du monde entier. Elle souhaitait aider un pays frère à sortir de l'ignorance, comme on vous l'apprenait dans les leçons d'instruction civique. Plusieurs lycéens étaient envoyés à Pékin où ils continuaient leurs classes pour revenir plus tard au Congo et occuper des postes importants au gouvernement ou au Comité Central du Parti Congolais du Travail, le PCT…

Tu aurais pu aller loin, dépasser ce Brevet d'études moyennes générales que tu avais aisément obtenu au Collège communiste des Trois-Glorieuses. C'est par nécessité que tu avais coupé court à cette soif de savoir, celle-là qui t'entraînait du quartier Trois-Cents à la bibliothèque Charles-Miningou où tu dévorais *Les Aventures de Tom Sawyer* pour raconter avec emphase les tribulations de ce petit Américain à Jose et Sosthène. Tu croyais que la ville imaginaire de St. Petersburg – celle du petit Américain Tom Sawyer, prétendument localisée le long du fleuve Mississippi, dans l'État du Missouri – était une vraie cité, la sœur jumelle de Pointe-Noire. Tu imaginais alors ce fleuve Mississippi comme un cousin de l'océan Atlantique à Pointe-Noire.

Toujours dans le dessein de mieux afficher ta passion pour ce livre de chevet dont tu pouvais réciter des chapitres et des chapitres entiers sans buter sur un seul mot, tu te voyais maintenant en Tom Sawyer – parce que celui-ci était orphelin comme toi et était élevé par sa tante Polly, et toi par ta grand-mère. Comme si cette proximité ne suffisait pas, tu avais estimé qu'il te fallait également t'entourer des amis aux mêmes noms que ceux de cet Américain. Tu avais ainsi collé à Jose le sobriquet de « Huckleberry Finn », et celui de « Joe Harper » à Sosthène…

Le choix de ces sobriquets n'était pas opéré au hasard : Sosthène était quelque peu ton préféré, ainsi que Joe Harper l'était pour Tom Sawyer. Vous aviez les mêmes goûts, il était prêt à te suivre les yeux fermés pendant que Jose Manuel Lopes, comme Huckleberry Finn, rêvait de construire un radeau dans le but de s'échapper de Pointe-Noire et laisser derrière lui les engueulades de ses parents, surtout de son père qui se saoulait du matin au soir, déversait son ire sur la famille, généralement en public. Dans le quartier on imputait ce comportement irascible à la situation politique qui empirait : l'Angola avait installé une impressionnante présence militaire dans l'enclave du Cabinda, et cela affectait tellement Papa Lopes qu'il préférait se réfugier dans l'alcool. Pourtant, lorsqu'il redevenait sobre le lendemain, rien n'avait changé dans le destin de sa terre d'origine, les parents et les amis qu'il avait laissés au pays souffraient toujours de l'oppression angolaise...

Non, tu n'aurais pas mis les pieds sur le radeau de Jose parce que tu aurais tenu à rester auprès de Mâ Lembé. Il aurait dans ce cas demandé à Sosthène « Joe Harper » de se joindre à lui. Les deux auraient joué à la fois les pirates et les bandits au grand cœur, à l'instar de Robin des Bois, un autre personnage qui vous fascinait car il se préoccupait des indigents et de ceux qui étaient dominés, comme le peuple cabindais, rajouterait Jose. Dans la foulée, Sosthène aurait suggéré à Jose d'attaquer les trains du Chemin de Fer Congo-Océan afin de distribuer aux populations des villages les marchandises qu'ils auraient pillées.

En tout cas les deux aventuriers auraient emprunté la rivière Tchinouka. Ils se seraient retrouvés loin là-bas, au Cabinda, où ils seraient devenus de jeunes soldats de la rébellion cachés dans le maquis, prêts à prendre les armes au moindre ordre du commandant de l'opposition qui les aurait recrutés afin de libérer cette riche enclave des serres de l'Angola…

Si la plupart de vos bêtises et de vos manipulations étaient inspirées par *Les Aventures de Tom Sawyer*, c'était donc à cause de toi. Vous étiez néanmoins allés plus loin puisque Tom Sawyer n'était pas un mauvais garçon. Il était certes paresseux, en quête de la reconnaissance, mais on ne pouvait pas lui dénier la fertilité de son imagination dont les tours étaient destinés à lui apporter une gratitude plutôt imméritée. Or, en ce qui vous concerne, vous aviez dépassé la ligne rouge. Les plaintes s'accumulaient, arrivaient jusqu'aux oreilles des chefs de secteurs et des arrondissements. Vos parents ne savaient plus quelle conduite tenir à votre égard, toutes les réprimandes et punitions n'ayant rien donné.

Mâ Lembé avait parfois payé des amendes au Poste de sécurité publique du quartier Trois-Cents d'où elle venait te délivrer pendant que tu avais la tête baissée et qu'elle te tirait les oreilles devant les forces de l'ordre. Un jour quelqu'un s'était plaint parce que ta bande et toi aviez saccagé le jardin de Monsieur Kibandi avant d'aller voler les mangues dans les champs de Monsieur Bilampassi vers les parcelles de l'aéroport Agostinho-Neto. Un autre jour, parce que vous aviez volé les pneus de la bicyclette de Monsieur Massengo pour les revendre à Monsieur Kikadidi. Un autre jour encore, parce que vous aviez jeté une peau de banane devant la boutique du Sénégalais Diamoucoune et rigolé lorsque le malheureux commerçant avait glissé dessus.

Vous étiez désormais connus pour le répertoire très varié de vos tours qui affleuraient la petite criminalité. Certains vous qualifiaient tout simplement de « bandits », de « voyous » ou de « délinquants ». Tu étais la tête, le cerveau, les autres étaient le reste du corps, utilisant leurs membres pour exécuter aveuglément tes plans.

C'était en dernier ressort que Mâ Lembé convoquait la mémoire de ta mère :

Si Albertine était encore vivante, elle n'aurait pas été fière de toi !

Et elle ajoutait qu'Albertine n'était pas du tout contente dans l'autre monde où elle devait penser qu'elle, Mâ Lembé, n'avait pas tenu la promesse qu'elle lui avait faite à l'hôpital Adolphe-Cissé : t'aider à devenir un homme honorable. Le médecin venait juste de lui apprendre qu'Albertine n'avait pas survécu aux suites de l'accouchement. Mâ Lembé s'apercevait soudain qu'elle serait désormais à la fois ta mère et ta grand-mère.

Sans rechercher une quelconque originalité, elle allait t'appeler « Liwa Ekimakingaï », autrement dit « La mort a eu peur de moi ». En fait, elle avait d'abord pensé t'appeler Yezu Christo, mais les autorités de la ville avaient sèchement refusé, lui signifiant qu'il n'y avait qu'un seul Jésus-Christ au monde et qu'il était interdit de le profaner, sans quoi l'enfant ne serait jamais en odeur de sainteté ici-bas où sa vie serait un enfer.

Au fond, Liwa Ekimakingaï était un nom qui t'allait bien : tu devenais la preuve qu'Albertine était vivante, qu'elle t'avait prêté son souffle, ce souffle qui demeurerait éternel. Les traits de ta mère, tu ne les voyais que sur les images en noir et blanc que te montrait Mâ Lembé. Tout petit, tu aimais t'asseoir sur ses jambes alors qu'elle brassait un vieil album photo. Et tu considérais cette jeune femme aux yeux pétillant de joie de vivre. C'était elle, Albertine. C'était elle, ta mère.

– Elle était une très belle femme...

Tu le disais à Mâ Lembé non parce qu'Albertine était ta mère, mais parce qu'elle avait tout pris de ta grand-mère quand celle-ci était encore dans la fleur de l'âge. Ces traits fins du visage, cette peau noire, ambrée et naturelle, ces yeux émerveillés, ce cou gracile autour duquel scintillaient des parures en ivoire ou en bois d'ébène...

Oui, elle était grande, et tu lui dois ton mètre quatre-vingt-dix. Mâ Lembé allait le souligner à chaque occasion, elle qui avait dix centimètres de moins que toi.

– Liwa, tu as la même taille que ta mère, Albertine, et quand je te vois, je la vois aussi...

Le gendarme

L'image de Mâ Lembé est omniprésente dans ton songe.

Tu l'entends te confier qu'elle approchait la quarantaine quand elle avait accouché de ta mère Albertine à Mouyondzi, dans la région de la Bouenza, au sud du pays où tu n'auras jamais mis les pieds car pourquoi t'aurait-elle fait visiter cet endroit qu'elle considérait comme le point de départ de son infortune ? Ton grand-père, que tu n'as pas connu et qu'elle n'aurait de toute façon pas voulu que tu connaisses, était un gendarme fraîchement affecté dans la région, au Tribunal correctionnel. Mâ Lembé l'avait croisé pour la première fois le jour où elle s'y était rendue pour porter plainte contre le fils de ses voisins qui avait volé puis vendu une de ses trois chèvres. Le gendarme, posté à l'entrée du bâtiment, était chargé du contrôle des pièces d'identité. Après avoir longuement examiné le document de Mâ Lembé, il lui glissa tout bas qu'elle lui rappelait sa cousine qui vivait à Madoungou, une localité située au nord de Mouyondzi. Mâ Lembé se contenta de sourire, plutôt soucieuse que sa plainte soit vite traitée et qu'elle soit dédommagée dans les plus brefs délais par ses voisins. Elle portait une légère chemisette orange enfilée dans un pantalon moulant en jersey vert électrique. On entendait l'écho de ses talons-dames jaunes à chacun de ses pas. Elle n'avait pas remarqué les yeux du gendarme qui, dans son dos, accompagnaient sa démarche, s'attardaient sans retenue à la hauteur de ses reins lorsqu'elle longea le couloir qui menait vers le guichet devant lequel elle devait attendre son tour.

Une dizaine de plaignants la précédaient.

En se retournant, elle surprit le gendarme qui faisait signe à son collègue du guichet de prendre en priorité la plainte de ta grand-mère. Pourquoi aurait-elle dû s'y opposer, pour une fois qu'elle allait éviter la lenteur administrative de ce bureau dont se plaignait la population ?

Mâ Lembé était plus que satisfaite car la gendarmerie lui avait promis d'envoyer le lendemain un agent pour « intimider » les voisins afin qu'ils lui payent sa chèvre « sur-le-champ ».

Le gendarme bienfaiteur s'était pointé le soir même chez Mâ Lembé. Il pouvait se le permettre, couvert par le pouvoir et la crainte qu'inspirait son uniforme auprès des habitants.

Ce qui s'était passé ce soir-là ? Ta grand-mère n'était pas si bavarde là-dessus, elle se contentait de concéder :

– J'ai commis la plus grosse erreur de ma vie… Mais en même temps, cette erreur m'a donné une bonne raison de vivre : ta mère. Et maintenant, c'est toi… Je n'allais plus avoir de nouvelles de ce gendarme pour de bon aussitôt que je lui avais appris qu'il allait devenir un père...

Elle reprenait son souffle et continuait :

– C'est parce qu'il avait honte de faire un enfant avec moi, je n'étais qu'une vieille femme d'après lui…

Tout Mouyondzi ne parlait plus que de « cette femme qui avait été engrossée par un gendarme », et on accusait ta grand-mère d'avoir voulu à tout prix avoir un enfant avec cet homme en uniforme pour des raisons économiques. Excédée de subir les humiliations de ces dames qui n'avaient plus que cette conversation dans leur bouche, et même de ces hommes qui l'avaient surnommée « la cuisse légère du gendarme », Mâ Lembé s'éloigna du jour au lendemain de Mouyondzi, pour aller vivre à Pointe-Noire avec la petite Albertine.

Le petit chef balafré

En une année ta grand-mère avait pu acquérir un lopin de terre dans le quartier Trois-Cents et construire une maison en planches. C'était en réalité grâce à l'entraide des femmes du Grand-Marché dont la solidarité n'était pas une légende.

À son arrivée, elle avait entendu parler d'une certaine Sabine Bouanga, une dame âgée qui était à la fois la plus respectée et la plus crainte du Grand-Marché. On ne pouvait pas y trouver d'étal sans transiter par Sabine Bouanga, et celle-ci ne tenait pas à ce qu'on se passe de cette influence.

Les choses furent moins compliquées pour Mâ Lembé car Sabine Bouanga, comme elle, était originaire de la région de la Bouenza et de l'ethnie des Babembés. Le marché avait ainsi une connotation tribaliste, du moins dans la commercialisation de certaines marchandises. On racontait de ce fait que Sabine Bouanga avait non seulement donné cette couleur tribaliste au marché, mais aussi une orientation plutôt féminine. Ce sont les femmes qui dominent les principales activités, et elles se sont spécialisées dans la vente de l'huile de palme, des fruits et légumes, du manioc, du tabac, du riz, du sel, du poisson fumé ou salé, pendant qu'elles regardent, sans vouloir les concurrencer, les hommes vendre plutôt des planches, du bois, du charbon de bois, du pain ou de la viande.

Malgré la présence imposante des femmes sur le terrain, c'étaient encore les hommes qui décidaient de tout depuis la Mairie, et Sabine Bouanga les connaissait. Elle était la seule qu'ils redoutaient car ils se souvenaient bien de ce jour où ils lui avaient refusé l'attribution d'un étal pour une de ses amies d'enfance de la Bouenza. Enragée, elle s'était pointée à la Mairie, devant les responsables du Bureau des marchés, et la scène qui allait suivre est restée dans la mémoire des Ponténégrins.

– Vous refusez de donner une table à mon amie d'enfance, c'est ça ? Eh bien, on va régler cette histoire ici et maintenant, et on va voir si vous en avez dans vos pantalons ! avait-elle menacé.

Elle se dévêtit, hurla telle une écervelée, le derrière bien dénudé et orienté vers les fonctionnaires de la Mairie.

– Voici ma nudité ! Regardez-la !

Le remue-ménage avait atteint son comble lorsqu'elle avait écarté les jambes et libéré des urines torrentielles qui avaient duré jusqu'au moment où Zacharie Gampion, celui qu'on appelait « le petit chef balafré », était intervenu. Son visage était scarifié depuis sa naissance comme bon nombre de Batékés. La scarification, se défendait-il, était associée à leur conception de la Beauté. Zacharie Gampion répondait à ses détracteurs en marginalisant un autre groupe de population, sans que ceux qui l'écoutaient ne comprennent vraiment ses comparaisons :

– Les joues de ceux qui n'ont pas de balafres sont aussi ternes que les cuisses d'un Pygmée ! Moi j'ai eu la chance de bénéficier de la bénédiction de mes ancêtres Tékés qui, seuls, revendiqueraient la propriété des terres de ce pays, parce que nous, à la différence de vous autres, nous venons aussi bien du sud que du nord, nous sommes présents aussi bien au Gabon que dans les deux Congo !

Ce jour-là, pour calmer la furie de Sabine Bouanga, « le petit chef balafré » lui avait promis qu'elle pouvait considérer que la Mairie attribuerait à son amie un étal au Grand-Marché et que cette femme ne payerait que la moitié de la patente la première année.

Puis, se tournant vers son personnel, il avait lancé :

– C'est elle la patronne du Grand-Marché, ce n'est pas moi ! Elle sait ce qui s'y passe, je ne suis là que pour gérer les choses avec l'administration !

Ces dernières paroles avaient suffi pour que Sabine Bouanga se sente plus que révérée.

Pendant qu'elle se rhabillait, le public lui tournait le dos, de peur d'être maudit. Ils savaient tous que les ancêtres et les traditions étaient impitoyables : si une maman en colère vous montre sa nudité et que vous la regardez, vous ne serez plus le même individu, la malchance vous poursuivra jusqu'à votre dernier jour sur terre.

« Le petit chef balafré » non plus ne l'ignorait pas, lui qui était respectueux des traditions, et il ne souhaitait pas perdre son poste pour une histoire de table…

Les commerçantes étaient ainsi réputées pour leur entraide. Elles cotisaient chaque mois une somme décidée d'un commun accord, remettaient le total à l'une d'entre elles selon une rotation prédéterminée. Comme dans leur association elles étaient une centaine et promettaient de verser cinquante mille francs CFA par mois, Mâ Lembé avait empoché plus de cinq millions, une somme qu'elle n'aurait pas rassemblée dans sa vie en un temps aussi record. Ces cinq millions avaient largement suffi, à l'époque, pour acquérir son terrain de la rue du Joli-Soir dans le quartier Trois-Cents.

Même lorsqu'on avait touché la forte somme, il fallait continuer à assurer sa cotisation jusqu'à ce que la dernière commerçante reçoive également la même faveur. C'était ce qu'elles appelaient le *Likelemba*, un système de crédit sans taux d'intérêt fondé sur l'honneur, la parole, la confiance réciproque et une véritable amitié. Sabine Bouanga veillait à ce que chacune tienne sa parole. La menace de perdre son emplacement au marché pendait au-dessus de la tête de celles qui s'amuseraient à jouer aux plus fines. Si bien que jamais il n'y avait eu d'histoires de celles qui auraient abusé du système, la fin du mois Sabine Bouanga venait elle-même récolter les sommes dues devant l'étal de chaque commerçante.

Si Mâ Lembé avait acheté son terrain dans la rue du Joli-Soir, c'était parce que c'était le long de cette artère que beaucoup de ressortissants de la Bouenza et de son ethnie des Babembés avaient également construit leurs maisons. Le prix d'achat avait tenu compte de cette « filiation », et cette faveur lui avait permis de garder un peu de sous pour la construction de sa maison en planches.

La chambre qui deviendra la tienne avait jadis été occupée par ta mère…

Démons en blouses blanches

Dès l'adolescence d'Albertine, Mâ Lembé ne comptait plus le nombre de fois où il lui fallut repousser tous ceux qu'elle qualifiait de « coqs adultes » qui lui faisaient une cour acharnée dans le quartier. Parmi les soupirants de la jouvencelle, on dénombrait des pères de famille, des chefs coutumiers, des fonctionnaires, des polygames notoires qui promettaient de payer une dot que Mâ Lembé aurait du mal à rejeter. Il y en avait qui tendaient une embuscade à la fille lorsqu'elle faisait une course pour sa mère, lui filaient des billets. Mâ Lembé allait les dénoncer à la police. Celle-ci lui rétorquait qu'Albertine était une provocatrice, qu'elle devrait cesser de porter des jupes trop courtes et éviter de mettre « des T-shirts qui allument les gens dans la rue à cause de ces deux grosses choses-là qu'elle ne cache pas bien comme il faut ». Certains des policiers allaient jusqu'à lui opposer la formule qui la révulsait, car elle était une manière détournée de l'insulter : « Telle mère, telle fille… »

Pour prévenir sa fille des dangers qui l'attendaient, ta grand-mère s'appuyait sur son expérience avec le gendarme qu'elle ne nommait jamais :

– De vraies crapules, les hommes ! Ils sont contents de tirer leur coup dans la nuit, et le jour, devant leurs responsabilités, ils prennent la fuite, on dirait des rats palmistes qui ont senti de la fumée dans la brousse...

Dans une sorte de colère qu'elle refusait de ravaler alors que le temps avait passé, elle ajoutait, les mâchoires serrées :

– Je parle surtout des gendarmes ! Tu ne peux rien contre eux, ils sont protégés par leurs collègues. Ils ont classé sans suite ma plainte, et je ne sais même pas jusqu'à ce jour où ils avaient muté cet imbécile de géniteur !

Elle souhaitait que ta mère aille loin dans les études « pour bien botter le derrière des gendarmes », insistait-elle comme pour lui transférer son mépris pour ces fonctionnaires, mais Albertine voulait plutôt être une commerçante au Grand-Marché, comme elle.

Mâ Lembé finit par s'y résoudre et lui trouver un étal à côté du sien. Et, jusqu'à ta naissance, elle vendait encore des produits de beauté achetés en gros chez les Ouest-Africains du quartier Rex, c'était une affaire qui marchait...

Albertine venait juste d'avoir dix-huit ans lorsque Mâ Lembé détecta que son corps devenait « celui d'une femme ». Ce n'était pas le passage naturel de l'adolescence à l'âge adulte qui avait métamorphosé Albertine de la sorte. Mâ Lembé savait que sa fille était enceinte, elle différait cependant la confrontation avec Albertine, estimant que ce serait à elle de s'ouvrir à sa mère. Cette conversation n'allait pas avoir lieu, alors même que les signes de grossesse s'intensifiaient, avec des vomissements, la prise de poids, des vertiges ou des sautes d'humeur.

Mâ Lembé avait compris qu'Albertine n'avouerait rien. Et elle partira dans l'autre monde sans lui avoir dévoilé l'identité du père de l'enfant.

Les circonstances de la disparition d'Albertine avaient stupéfié les médecins. Ils n'avaient pas connu un tel cas depuis des décennies, la médecine, prétendaient-ils, ayant opéré des progrès.

Ta mère avait perdu trop de sang. Des gobelets et des gobelets entiers. Les médecins, très techniques, avaient parlé d'une « hémorragie du post-partum ». Ils expliquaient en gros à Mâ Lembé qu'Albertine avait perdu trop de sang après son accouchement, que c'était désormais un cas très rare dans les maternités. Ta grand-mère, dubitative, les avait carrément traités de menteurs avec leur « gros français qui sert à couvrir leur sorcellerie qu'ils ont de toute façon mal apprise des Blancs ».

Oui, elle avait sa propre explication, et c'était celle que retenaient ses amies du Grand-Marché : Albertine n'était pas morte de la perte de sang, les esprits nuisibles, les jaloux et peut-être le mauvais karma du géniteur inconnu l'avaient tuée avec la complicité des médecins de l'hôpital Adolphe-Cissé.

Et elle leur confiait :

– En plus, quand je voyais ces médecins, ils ne ressemblaient même pas aux êtres humains normaux, si vous comprenez ce que je veux dire. Je vous jure que c'étaient des démons qui portaient des blouses blanches, et ils étaient chargés de voler l'âme de ma fille pour la ramener auprès de leur chef en Enfer ! Si j'avais su ça au début, je serais repartie avec Albertine à Mouyondzi où elle aurait accouché dans la brousse avec l'aide des accoucheuses de mon ethnie !

L'assemblée des femmes, d'accord avec ces propos, répondait en chœur :

– Oui, Mâ Lembé ! C'est ça même !

Et toi aussi, tu allais vivre avec ce doute. Un jour tu étais convaincu que c'était une hémorragie qui avait emporté ta mère, le lendemain tu pointais du doigt la prétendue sorcellerie du personnel de l'hôpital.

Comme Albertine qui n'avait pas connu son père, tu ne connaîtras non plus jamais le tien…

« Grâce à Dieu »

La scène qui apparaît maintenant dans ton rêve date de l'époque où tu n'avais pas encore dix ans. En ce temps-là, pour t'orienter vers ce qu'elle estimait être le droit chemin, Mâ Lembé s'était appuyée sur l'église pentecôtiste *Grâce à Dieu*. Elle était loin de penser qu'au moment où tu serais sur le point de recevoir ton baptême, et donc de changer de vie ainsi qu'elle le souhaitait, elle serait amenée à regretter sa décision dont les conséquences continuent de te stupéfier…

Le dimanche Mâ Lembé se vêtait de blanc avec un foulard vert recouvrant sa tête, et toi un costume noir confectionné par le couturier du quartier, Maître Sivory, celui-là qui s'occupait également de tes tenues scolaires.

Le rituel dominical était respecté : très tôt le matin, après t'avoir demandé d'aller vite « enlever les traces de péchés sur ton corps dans la douche », et dès que tu l'avais fait, t'autoriser à entrer dans sa chambre, elle ouvrait une malle en fer d'où elle sortait ton « costume de *Grâce à Dieu* », t'habillait avec un souci de détails que tu n'oublieras jamais, en particulier le fait qu'elle ne supportait pas de voir ton nœud papillon blanc un peu desserré ou mal ajusté. Bien plus tard, tu garderas d'ailleurs le tic de le redresser même lorsqu'il était pourtant impeccable.

Aussitôt qu'elle avait fini de t'aider à te vêtir, elle te pressait :

– On y va, on risque d'être en retard pour la messe de sept heures, et Dieu a horreur des retardataires, il ne faut pas croire ces gens qui prétendent que les derniers seront les premiers au Royaume des Cieux, je préfère qu'on soit les premiers à aller et les premiers à y arriver…

Elle marchait alors d'un pas droit devant toi, et vous parveniez à l'avenue de l'Indépendance pour attraper un bus devant la station Studio-Photo Ndzo-Boni.

L'église *Grâce à Dieu*, située dans le quartier Rex, était une sorte de paillote géante construite cependant en dur, avec des tôles à la place de la paille, un sol cimenté peint en bleu. Les chaises en fer étaient attachées au sol à perpétuelle demeure et peintes en vert. Ce lieu de culte pouvait contenir plus de mille personnes et, en cas de dépassement de la capacité d'accueil, en particulier les jours où il y avait un invité de marque, on priait jusque dans la rue où on entendait la messe grâce aux haut-parleurs.

En arrivant devant *Grâce à Dieu*, vous saluiez les sœurs et frères en Christ que vous croisiez en train de discuter des versets de la Bible à l'entrée, une manière d'exhiber leur foi. Mâ Lembé retrouvait quelques-unes de ses amies commerçantes du Grand-Marché, y compris l'influente Sabine Bouanga qui avait convaincu la plupart de ses collègues de rejoindre *Grâce à Dieu*. Elles parlaient en bembé tandis que tu restais dans ton coin, intimidé de te retrouver au milieu d'une assemblée plus que dévote, mais pas du tout impatient de te joindre au groupe de gamins d'à côté malgré l'insistance de Mâ Lembé.

– Va voir ces enfants, discute avec eux des choses de votre âge !

Non, tu voulais rester près d'elle, avec ses amies, même si tu avais horreur de l'odeur suffocante de la naphtaline des pagnes neufs que ces femmes ne sortaient de leur malle que pour ce rendez-vous dominical. Chaque fois que tu sentais cette odeur, cela te ramenait à l'église et aux pagnes multicolores de ces femmes, des tissus qui coûtaient une fortune, surtout ceux confectionnés en wax qu'elles importaient des pays de l'Afrique de l'Ouest. D'ailleurs les commerçantes les plus riches des marchés sont celles qui vendent ces pagnes, on les voit rouler dans des bagnoles de luxe neuves, c'est pour cela qu'on les appelle « Mamans Benz »…

Dès que la cloche annonçait le début de la messe, Mâ Lembé te prenait par la main, vous entriez et vous vous asseyiez au premier rang, comme si le Seigneur allait oublier ceux installés dans le fond.

Des gamins habillés tout en vert distribuaient des bougies qu'il fallait aussitôt allumer. Puis vous entendiez cette musique qui provenait d'un orgue désaccordé accompagné de sons de tams-tams joués avec frénésie par quatre jeunes à la musculature de pêcheurs béninois et au visage barbouillé de kaolin. Muets tels des sphinx, le crâne rasé, ils ressemblaient à des automates. Leurs yeux luisaient dès que débutait le chœur des femmes rattrapé aussitôt par celui, plus grave, des hommes.

Mâ Lembé était saisie de tremblements, elle « ressentait » le Saint-Esprit en elle et hurlait d'une voix gutturale :

– Merci Seigneur ! Merci Seigneur ! Merci Seigneur !

Tu attendais en vain cette communion avec Dieu alors que la foule battait déjà des mains. Cette liesse religieuse durait jusqu'à ce que la transe se propage dans l'enceinte et qu'apparaisse enfin, par une porte dérobée de la paillote, au milieu d'une fumée rouge et opaque, celui qu'on attendait, celui qui était l'envoyé du Tout-Puissant à Pointe-Noire, un pasteur chauve au visage débonnaire qu'on appelait « Papa Bonheur ».

À son approche, les ouailles parlaient « en langues », une sorte de charabia que tu ne comprenais pas, mais qui, affirmait-on, venait du Ciel. Ta grand-mère te réconfortait, t'exhortait à la patience, l'Esprit-Saint finirait bien par t'habiter comme le reste des fidèles. Pour elle, tu n'étais alors qu'une âme perdue encore sous l'emprise du monde des mécréants et à la merci du Diable.

Papa Bonheur

Papa Bonheur était un bout d'homme d'une soixantaine d'années, très foncé de peau et aux yeux à fleur de tête.

Mâ Lembé lui vouait un respect et une vénération sans bornes, comme d'ailleurs l'ensemble des membres de *Grâce à Dieu*, et ta grand-mère était persuadée que c'était cet homme qui t'aiderait à te tourner vers le Bien, à repousser le Mal par tous les moyens.

Il se disait descendant direct de ce vaste royaume de Loango qui, jadis, couvrait les territoires du Cabinda, de l'Angola, des deux Congo et du Gabon. Il tenait à préciser à ses détracteurs que la démocratie existait déjà dans le royaume de ses ascendants puisque, contrairement à certains territoires limitrophes, le pouvoir n'était pas héréditaire. À ceux qui le contredisaient et arguaient que le pouvoir, au royaume de Loango, était néanmoins transmis de l'oncle au neveu, ce qui était aussi une forme d'hérédité, Papa Bonheur, d'un ton calme répliquait :

– Comme dans beaucoup de sociétés africaines, le royaume de mes ancêtres était fondé sur le système du matriarcat, la mère étant le pilier. C'est donc normal que le neveu, fils de la sœur du roi, ait une place prépondérante ! Et puis, n'oubliez pas que ce neveu ne succédait au souverain qu'après une vraie élection par l'assemblée des dignitaires ! D'ailleurs, ce nouveau souverain devait suivre une initiation mystique à l'issue de laquelle il obtenait enfin le statut de « Mâ Loango », autrement dit, monarque du royaume de Loango !

Il fallait lire entre les lignes pour saisir que le pasteur se prenait lui aussi pour un « Mâ Loango » alors qu'aucune assemblée ne l'avait décidé et que le royaume dont il vantait les mérites n'était plus que symbolique, puisque le pouvoir en place ne le reconnaissait pas comme une institution officielle.

Papa Bonheur n'avait cependant pas tort de revendiquer le prestige de ses ascendants. Il était en effet le neveu d'un des derniers rois de Loango, et il le faisait savoir par ses airs affectés, par sa façon de se réjouir des honneurs qui lui étaient rendus par les fidèles de *Grâce à Dieu*. Connu pour ses costumes taillés sur mesure venus d'Europe et que Mâ Lembé te détaillait avec délectation à chaque messe, il roulait dans une jeep neuve qui, selon certains, était destinée à atteindre les quartiers les plus démunis afin de venir en aide aux enfants de la rue. Il se plaisait à dire que le véhicule appartenait à l'église, que n'importe lequel de ses fidèles pouvait le conduire s'il en éprouvait le besoin. Qui aurait eu le courage de lui demander les clés du véhicule pour son utilisation personnelle ? On vivait dans l'idée que les biens de l'église appartenaient aux fidèles, et Papa Bonheur en était le protecteur désigné par le Tout-Puissant.

Dans la ville, il comptait parmi les personnes les plus honorables. Même si le royaume de Loango n'existait pas aux yeux de l'État, le pasteur tenait sa revanche lorsque le président de la République venait dans la cité, passait le saluer en personne avant de recevoir les ambassadeurs des pays étrangers. Papa Bonheur prenait cela pour une reconnaissance du royaume de ses ancêtres, et par ricochet, de son église. Jamais il ne lui était venu à l'esprit que le président lui rendait visite juste à cause de l'approche des élections, et donc pour inciter les habitants de Pointe-Noire à voter pour lui. Dans l'église on voyait des photos de lui avec le chef de l'État.

Mâ Lembé te jurait que *Grâce à Dieu* avait tiré des milliers d'orphelins de la rue pour leur trouver un gîte et leur garantir le couvert jusqu'à leur majorité. Elle te racontait avec émotion la vie de cet homme de Dieu autrefois agent de la Poste et qui avait quitté sa fonction parce que le Seigneur l'avait croisé le long de la Côte sauvage où il s'était rendu sans prendre conscience que c'était le Saint-Esprit qui l'avait éloigné des impies afin de lui confier la lourde tâche de purification des brebis égarées de Pointe-Noire. Le jour de cette grande révélation, le postier est rentré chez lui, a rasé sa maison et a construit à la place une église grâce à ses propres économies et à l'argent que l'Office National des Postes et Télécommunications lui avait versé pour son départ volontaire.

Devant une telle initiative, ses voisins l'avaient pris pour un illuminé et sa femme, en désaccord avec ce projet, l'avait quitté et avait regagné son village natal avec leurs sept enfants.

Au départ, les messes de Papa Bonheur étaient en priorité destinées aux gosses de la rue qu'il allait lui-même recueillir devant les cinémas *Rex*, *Roy* et *Duo*. Au bout de quelques mois plusieurs de ces mômes sont devenus des gens respectables, bien habillés, servant le Seigneur avec ferveur. Leurs parents fréquentaient maintenant l'église, remerciaient le religieux par des dons qui s'accumulaient au jour le jour.

Par la suite le pasteur sillonnait les différents quartiers de la ville en quête d'autres adolescents perdus, à tel point qu'on ne l'appelait plus « le Père Makaya » ou « le pasteur Makaya », il avait désormais un vrai surnom qui exprimait sa bonté : « Papa Bonheur », celui qui donnait du bonheur aux petites gens. Et les églises de la ville qui ne prenaient pas au sérieux le travail de proximité de Papa Bonheur commençaient à s'inquiéter, car leurs fidèles se tournaient vers le nouveau venu. Devant *Grâce à Dieu* il y avait désormais une cantine approvisionnée gracieusement par Sabine Bouanga et les commerçantes du Grand-Marché. N'importe qui pouvait débarquer aux heures de repas, manger à sa faim sans débourser un seul franc CFA.

Dans son for intérieur le pasteur était convaincu qu'il recréait ce royaume disparu et qu'il aurait pu diriger si le gouvernement l'avait réhabilité au lieu de l'avoir disgracié. Il était devenu l'un des personnages les plus importants de la ville, surtout depuis que les fidèles rapportaient des témoignages de malades qui avaient été guéris par une simple imposition de ses mains.

Papa Bonheur était l'ultime voie de recours pour les maladies que la médecine officielle n'avait pas pu soigner. Combien de fois n'avait-il pas vu les Ponténégrins amener directement des souffrants chez lui et non à l'hôpital Adolphe-Cissé ? D'un élan de fausse modestie il leur rappelait qu'il fallait d'abord transiter par « l'hôpital des Blancs » et que si celui-ci n'avait pas assuré le recouvrement, Dieu le ferait par ses soins.

Avec les dons des croyants, il avait acheté le terrain mitoyen à l'église, construit une annexe pour l'apprentissage de la Parole de Dieu, et même mis en place des cours de rattrapage pour les enfants dont la scolarité était chaotique. Des instituteurs bénévoles assuraient ces cours le dimanche après la messe. Tu n'avais pas besoin de cours de rattrapage, ce qu'il te fallait c'était la Parole de Dieu, te rappelait Mâ Lembé.

On s'amusait à dire qu'il suffisait de demander quelque chose, le pasteur consultait Dieu et le résultat était assuré.

Le jour où Papa Bonheur t'avait enfin adressé directement la parole tu avais cru que tu allais t'évanouir. L'homme de Dieu était en face de toi, le sourire large. Instinctivement tu avais fermé les yeux afin de mieux t'imprégner des paroles qui allaient sortir de sa bouche. Ces paroles viendraient de là-haut, elles ne seraient pas souillées et elles te seraient adressées pour que ton âme se débarrasse de cette souillure qui t'empêchait d'emprunter le chemin de la rédemption. Tu avais alors entendu cette voix cassée et rassurante t'appeler « mon fils », et tu avais eu vraiment l'impression que tu étais devant ton père, celui qui te protégerait contre vents et marées. Le pasteur s'exprimait lentement, avec un petit silence entre chaque mot. Cette fois-ci le Saint-Esprit allait enfin t'habiter.

Mais rien ne s'était passé sur-le-champ malgré la main que le pasteur avait posée sur ta tête, la caressant pendant quelques minutes. Mâ Lembé, qui suivait de près cette scène, t'avait expliqué plus tard que c'était le doute qui t'avait empêché de voir les desseins que le Seigneur prévoyait pour toi. Croire, toujours croire, telle était la seule solution pour atteindre la rémission de tes péchés et être en face de Dieu. Quand tu parlerais « en langues » comme les autres fidèles, on pourrait enfin t'immerger dans l'eau pour ce baptême du Saint-Esprit que beaucoup attendaient, et tu afficherais désormais en public ton engagement à marcher avec Jésus.

– C'est après ce baptême que tu seras vraiment un enfant de Dieu, te disait-elle sur le chemin du retour.

Il fallait donc de ta part encore plus d'engagement.

Tu aidais les cuisiniers de *Grâce à Dieu*, tu distribuais les plats aux centaines d'enfants qui se pointaient devant l'église à midi. Tu accompagnais certains frères en Christ sur les places publiques ou dans les bars pour annoncer la Bonne Nouvelle. Ce n'était pas une sinécure, les gens se détournaient, vous envoyaient paître quand ils ne vous jetaient pas de l'eau pimentée dans la figure. Ils s'en foutaient du Paradis, ne redoutaient pas les flammes de la Géhenne. Ils riaient aux éclats lorsque vous rappeliez que la fin du monde était proche.

Pendant ce temps Papa Bonheur développait l'aura de son église sur le plan international. D'autres pasteurs venaient du Brésil, du Nigéria, du Ghana ou des États-Unis pour le rencontrer en personne.

L'arrivée à Pointe-Noire du pasteur Steve Simpson, un Noir américain, avait été un des grands événements de *Grâce à Dieu*. Jamais on n'avait entendu un homme de Dieu prier avec autant d'emphase dans la ville. La paillote entière remuait avec la voix de cet Américain qui s'entendait dans tout le quartier. On le retrouvait au rond-point Patrice-Lumumba, debout sur un tabouret, en train de parler à la foule. Même s'il s'exprimait en anglais et que personne ne le comprenait, les Pontênégrins affluaient autour de lui et lançaient des « amen ».

Quant au pasteur Aje Tanimola, ce fut une autre histoire. Il était venu du Nigéria avec une statuette effrayante dont on prenait soin comme s'il s'agissait d'une personne. Elle bougeait au rythme du tam-tam, opinait de la tête quand le pasteur nigérian entamait une prière et fronçait les sourcils de courroux lorsque quelques bavards perturbaient la messe de son maître. Celui-ci ne parlait qu'en yoruba, et ses yeux rouges sortaient de leur cavité lorsqu'il était en transe. Lui et Papa Bonheur se retiraient tous les soirs du côté de la Côte sauvage où ils dialoguaient avec les esprits qui surgissaient des profondeurs marines et restaient avec eux jusqu'à l'aube.

Mâ Lembé s'enorgueillissait de t'apprendre que Papa Bonheur était lui aussi invité à l'étranger. À son retour les fidèles l'attendaient à l'aéroport, et la longue file revenait à pied jusqu'à l'église où on écoutait le pasteur raconter ce qu'il avait appris pendant ses voyages. Il s'était en tout cas radicalisé, fustigeait certains passages de la Bible, et expliquait qu'il n'y avait pas, dans ce livre saint, d'apôtres ou d'anges noirs alors que les hommes de couleur, d'après lui, avaient été là avant les autres races puisque tout le monde, y compris les Blancs, était d'accord que l'Afrique était le berceau de l'humanité.

On l'entendait gronder au point de faire cracher les haut-parleurs :

– Les Blancs ont volé notre spiritualité ! Ils ont mis dans la Bible des apôtres ridicules à notre place ! Nous devons reconquérir notre Souffle, dire au monde que Dieu est noir, que les images qui se vendent çà et là d'un Jésus clair de peau relèvent de l'hérésie, de la falsification de l'histoire religieuse ! Cette terre appartenait aux nègres, les autres races sont venues nous écraser parce que nous étions beaux, forts, vaillants et hospitaliers. Nous ne connaissions pas la jalousie, encore moins la rancœur et la méchanceté ! Ces vices appartenaient au monde blanc et à sa civilisation décadente ! Le Seigneur est là, avec nous, pour nous ! Le Blanc a tout foutu par terre avec les guerres, avec l'esclavage, avec le nazisme, la colonisation et avec ses maladies bizarres !

De même, il s'insurgeait que le Diable soit perçu ailleurs comme un personnage noir avec une queue et des oreilles pointues. C'était un discours que tu appréciais car il te redonnait une fierté soudaine, et tu commençais à être habité par la transe comme les autres fidèles.

Mâ Lembé exultait :

– Merci Seigneur ! Merci Seigneur ! Liwa est en train d'entrer dans ta maison ! Merci de le recevoir !

Plus rien ne pouvait désormais t'éloigner de la vraie rencontre avec Dieu, ton heure de baptême approchait puisque toi aussi tu parlais maintenant « en langues ».

Mâ Lembé avait coutume de citer des paroles de sagesse de son ethnie et qui te reviennent : « *la calebasse d'eau fraîche que l'on a portée sur la tête depuis la rivière pendant des kilomètres se casse le plus souvent au seuil de la porte* ».

Deux évènements viendront bouleverser le cours des choses à *Grâce à Dieu* et donner raison à cette sagesse des ancêtres de Mâ Lembé…

Marteau-piqueur

Oui tu revois tout, comme si c'était hier, et plus aucun détail ne t'échappe. Il y avait ce premier fait qui était sur la bouche des Ponténégrins : la mort d'une adolescente albinos dont le corps avait été retrouvé sur la Côte sauvage. L'enquête de la police insistait sur la piste de *Grâce à Dieu*. Un inspecteur teigneux surnommé par la population « Marteau-piqueur » ne lâchait plus Papa Bonheur d'une semelle, convaincu qu'il était derrière ce crime crapuleux. Marteau-piqueur l'avait interrogé plus de dix fois dans son bureau de l'église situé juste derrière la porte dérobée d'où il surgissait avant chaque messe. Cela n'avait pas suffi, il l'avait encore mitraillé de questions douze autres fois au CCPL, le Commissariat Central Patrice-Lumumba.

Selon l'inspecteur, Papa Bonheur avait sacrifié cette enfant albinos qu'il avait lui-même tirée de la rue deux semaines plus tôt. Les Ponténégrins furent choqués d'apprendre qu'il manquait plusieurs organes au corps de la fillette : la tête, les jambes et les bras. La police et les journaux parlaient de « meurtre rituel ».

Au moment où l'on croyait que l'affaire se refroidissait faute de preuves, elle revint dans l'actualité lorsque deux bandits de grand chemin, incarcérés et interrogés pour des faits qui n'avaient rien à voir avec le crime imputé au Papa Bonheur, avaient jeté une véritable bombe : le pasteur les aurait commandités pour perpétrer le meurtre d'une albinos et lui rapporter ses organes contre une forte récompense. À la radio, les spécialistes de ces crimes se chamaillaient sur leur signification, mais ils s'accordaient pour conclure que les sorciers et certaines sectes utilisaient les organes des victimes dans le dessein de guérir la stérilité, l'impuissance sexuelle, le cancer ou pour confectionner des gris-gris porte-bonheur.

Après cette confession macabre des bandits, Marteau-piqueur reprit sa charge contre *Grâce à Dieu*. Il fit irruption dans la paillote bondée, interrompit la messe pour prendre en aparté le pasteur et le ramener au commissariat où Papa Bonheur réfuta en bloc les accusations des brigands, jura qu'il n'était pas un sorcier, qu'il était à la tête d'une église, pas d'une secte.

Il mobilisa ses réseaux dans la police, reçut des lettres de soutien de l'étranger et fut lavé de tout soupçon, au grand soulagement des membres de *Grâce à Dieu*.

Parmi les fidèles, quelques-uns nourrissaient néanmoins de plus en plus de doutes à son égard. Il utilisait certes la Bible, s'inquiétaient-ils, cependant certaines de ses pratiques relevaient de la sorcellerie, notamment lorsqu'il intimait à plusieurs ouailles de lui ramener de la terre d'une tombe ou la chevelure d'un de leurs parents qui venait de mourir. Dans l'esprit des Ponténégrins, Papa Bonheur demeurait le véritable coupable du meurtre rituel de la fillette albinos. On rapportait qu'il avait dû payer une fortune colossale afin d'échapper à un procès, et donc à un éventuel emprisonnement, si ce n'était à la peine capitale en vigueur dans le pays.

La vie reprit toutefois vite son cours. On oubliait petit à petit le destin tragique de cette fillette albinos. D'autres faits occupèrent les esprits des Ponténégrins : le volcan de Diosso qui semblait se réveiller, une pandémie de conjonctivite secouait la ville, les combats s'intensifiaient en Angola entre les forces cubaines venues à la rescousse du pouvoir en place et les factions rebelles du terrible Jonas Savimbi qui s'approchaient de la capitale Luanda pour s'emparer du pouvoir.

Huit mois après la succession de ces drames, un autre scandale s'abattit sur *Grâce à Dieu* : les bruits couraient que Papa Bonheur était le père de trois enfants dont les mères, encore adolescentes, fréquentaient son église. Les fidèles crièrent au complot ourdi par les églises concurrentes ou tous ceux qui recherchaient la tête de Papa Bonheur six mois auparavant, lors de « l'affaire de la petite albinos ». Excédés par un tel acharnement, ils réaffirmèrent leur fidélité à Papa Bonheur. Celui-ci avait comme d'habitude démenti ces imputations. Or, il devenait difficile pour lui de repousser l'évidence, d'autant que les trois mères ramenaient leurs enfants à chaque messe, et les fidèles les plus sceptiques avaient noté combien les bambins ressemblaient comme deux gouttes d'eau au pasteur. Par ailleurs, les parents de ces mères adolescentes racontaient comment Papa Bonheur leur avait remis des enveloppes contenant des sommes exorbitantes afin d'acheter leur silence ou de trouver un « faux père » à leur petit-fils.

Marteau-piqueur, taxé par Papa Bonheur d'« envoyé très spécial du Diable », était de retour et jurait que cette fois Papa Bonheur ne s'en tirerait pas, même s'il versait des milliards à ses amis qui dirigeaient la police, ou même s'il brandissait des lettres de soutien des présidents américain et russe.

Le jour où on l'avait menotté et jeté comme un sac de patates dans le véhicule de la police, les fidèles furent surpris de ne pas voir le Seigneur lui porter secours. Le pasteur se retrouvait une fois de plus à la une des journaux et, outre les trois enfants dont il était le père, d'autres mères mineures délièrent leur langue, dévoilèrent qu'elles avaient, elles aussi, eu une « histoire » avec Papa Bonheur et que ce dernier versait à leur famille respective une pension alimentaire depuis deux années.

Au total, on dénombra une cinquantaine d'enfants dont les mères attribuaient la paternité à Papa Bonheur. Le procès fut retransmis à la radio, et le pasteur affichait une arrogance qui agaçait même ses propres ouailles présentes dans la salle d'audience. Il avait retourné les choses, prétendait qu'il y avait un élu de Dieu parmi les enfants qu'il avait eus avec ces différentes mères adolescentes. Ce gamin sauverait la ville de Pointe-Noire de la décadence, et la population devait plutôt remercier Papa Bonheur au lieu de le traduire en justice et d'interrompre le cours de la Prophétie suprême.

C'était une façon indirecte d'accepter les faits. Le juge Madzouka Ma Mbongo, président de la Cour, convoqua le lendemain à l'audience les mères et leurs enfants. Parmi la cinquantaine d'enfants, il en avait retiré un et l'avait remplacé par un garçon albinos dont le regard anxieux montrait combien il ne souhaitait pas se trouver au milieu de ces bambins qu'il croisait pour la première fois. Ses parents, des albinos également, avaient été mis à part dans une pièce d'où ils regardaient à travers un écran ce qui se déroulait dans la salle d'audience. Ils étaient plutôt heureux de participer à cette expérience et impatients d'en découvrir l'issue.

Regroupés au milieu de la salle, entourés par une vingtaine de policiers, les enfants observaient un silence glacial qui s'était répandu dans toute la pièce. C'est alors que, sans transition, le juge demanda au pasteur de désigner lequel parmi ses rejetons présents dans la salle était le fameux « élu de Dieu ».

Papa Bonheur se retourna et, sans hésiter, montra du doigt l'albinos dont les parents étaient dissimulés dans la pièce d'à côté. Il y eut un grand remue-ménage dans l'assistance, suivi d'un coup de marteau du juge Madzouka Ma Mbongo réclamant le silence.

D'une voix monocorde, le juge annonça que les preuves étaient plus qu'accablantes à l'encontre du Papa Bonheur et que celui-ci était bel et bien l'instigateur du meurtre rituel de la fillette albinos retrouvée sur la Côte sauvage. Malgré l'éloquence de Maître Ndokolo, connu dans la ville comme l'un des plus brillants avocats de la défense, ce dernier ne parvint pas à retourner les choses. Le verdict tomba très tard dans la soirée : l'exécution du pasteur était prévue dans les semaines qui suivaient…

Ce sont ces scandales, gravés dans la mémoire des Ponténégrins, qui t'avaient irrémédiablement détourné de la religion. Tu la détestais, et tu ne faisais plus la part des choses, voyant des pasteurs Makaya partout, étant même persuadé que Papa Bonheur n'avait pas été exécuté, que sa tombe, qui est au Frère-Lachaise et que certains disciples inconscients continuent à fleurir, ne contenait pas son corps.

Avais-tu tort ? Non, à Pointe-Noire on raconte toujours que le cadavre du pasteur avait été expédié au Nigéria ou au Ghana, qu'en fait Papa Bonheur n'était pas de l'ethnie Vili comme il le revendiquait, qu'il n'avait aucun lien avec le prestigieux royaume de Loango, qu'il était un véritable imposteur venu du Nigéria ou du Ghana.

Mais les anciens avaient vu grandir le pasteur Makaya, ils connaissaient ses parents, ils pouvaient retracer son arbre généalogique sans sauter une seule branche. Papa Bonheur était bel et bien un Ponténégrin, il n'y avait aucun doute, et ta grand-mère, choquée, se contentait désormais de maugréer :

– Dans quel monde nous sommes si même ceux qui voient Dieu se comportent comme ceux qui ne l'ont jamais connu ?

La vieille et la jeune

Malgré l'omniprésence de ta grand-mère dans ce rêve le plus long de ta mort, et depuis que tu es resté planté devant votre parcelle qui continue à recevoir du monde pour ce premier jour de ta veillée, tu ignores pourquoi Mâ Lembé te tourne le dos. C'est d'ailleurs le seul personnage qui ne te fait pas face. Ou qui s'arrange pour ne jamais te montrer son visage alors que c'est avec cette femme que tu as passé toute ta vie.

À certains moments tu es habité par des doutes. Est-ce bien Mâ Lembé que tu vois de dos ? Est-ce bien elle, la mère de ta défunte mère Albertine ? Est-ce bien elle qui t'a donné le nom de Liwa Ekimakingaï ? Est-ce bien elle qui a passé son existence à s'assurer que tu deviendrais un homme, un individu respectable comme elle l'avait promis à Albertine ?

Ici, elle te paraît plus jeune, probablement dans sa trentaine. Elle est droite, élancée, n'est plus du tout souffrante, elle est au contraire entreprenante et va de gauche à droite avec la célérité d'une abeille qui butine.

La voilà par exemple qui prépare du café dans de gros ustensiles posés sur trois grosses pierres sous lesquelles elle ajoute du bois avant de raviver le feu grâce à un gros éventail. Quoique mue par une extraordinaire énergie, elle prend appui sur une canne. Pourquoi donc une jeune personne, qui plus est en bonne santé, utiliserait-elle une canne ?

Ton incrédulité est encore profonde dès que ta « jeune » grand-mère va d'un lieu à un autre : ses cheveux jusque-là sombres deviennent tout gris, on dirait de grosses ficelles qui se délient avec paresse et composent des boucles à la hauteur de ses épaules. Elle passe ainsi de la jouvence à la vieillesse, et vice versa. Le seul lien qui te confirme que c'est elle, c'est cette canne, puisque c'est toi qui la lui avais offerte. Elle avait été fabriquée par le vieux Mouboungoulou, un des artistes les plus prisés de Pointe-Noire. Tu avais tenu à ce que son pommeau en ivoire soit en forme de tête de lionne afin de marquer combien ta grand-mère était une dame qu'aucun homme ne piétinerait. Tu avais économisé un mois de ton salaire pour cela, et Mâ Lembé n'aurait pas su le coût de cet objet si le vieux Mouboungoulou n'était pas passé chez vous pour lui confier combien ton geste était exemplaire et te distinguait de l'insouciance de certains jeunes à l'égard de leurs parents. Il avait dévoilé le prix, que Mâ Lembé avait jugé exorbitant, et pendant une semaine elle t'avait sermonné, menaçant de revendre la canne au Grand-Marché afin de te rembourser. Elle l'avait en effet mise sur le marché, mais personne n'avait osé la toucher ou demander combien elle coûtait. Le soir, elle t'avait préparé ton plat de haricots aux poissons salés avec des feuilles de manioc servies en complément et susurré :

– Mon petit Liwa, merci vraiment de m'avoir offert cette troisième jambe. Je renonce à vendre cette canne. Ta mère, depuis l'autre monde, est contre ma décision, et c'est peut-être pour ça que personne ne l'a achetée…

En ce premier jour des funérailles, elle est là, Mâ Lembé, la jeune ou la vieille, peu importe. Elle est aidée par ses collègues du Grand-Marché qui, elles, paradoxalement, ont un âge plus avancé. Elles servent du café aux gens chez vous pour tes funérailles. Comme personne ne se rend compte de ta présence, tu avances à l'intérieur de la parcelle pour voir ton cadavre de plus près, dans ce lit placé au milieu de la cour sous le hangar de feuilles de palmier dressé pour te protéger contre le soleil dans la journée. Ton corps est recouvert de draps blancs jusqu'au niveau du cou. La tradition de votre ethnie des Babembés de Mouyondzi sera respectée de bout en bout : un cadavre doit rester quatre jours « en plein air », avec la famille et les compatissants autour de lui, et non dans la claustration glacée d'un placard de la morgue d'où on le transporterait directement vers sa dernière demeure. Chez les Babembés, le corps mérite une affection particulière car l'âme résidera à l'intérieur tant qu'il ne sera pas complètement transformé en poussière. C'est pour cela qu'on parle au cadavre, qu'on le rassure, qu'on le cajole, qu'on mange près de lui, qu'on le persuade qu'il est le plus extraordinaire des trépassés de la terre, qu'il est si beau que la Mort, dans sa hideur, a honte de le fixer droit dans les yeux et se couvre d'un manteau sombre.

Les cadavres sont au courant de ces privilèges. Il n'est pas surprenant de tomber sur certains d'entre eux qui abusent de leur position, versent des larmes de crocodile ou multiplient les caprices. Un mouchoir tiède passé sur leur front, des mots d'affection, quelques notes de musique qu'ils affectionnaient les calmeront. Et alors les *Mukutu* – ces vieux sages bembés dont le degré de respect se calcule au nombre de cadavres qu'ils ont accompagnés au cimetière – rapporteront à l'assemblée émerveillée que les trépassés étaient prêts, qu'ils avaient esquissé un sourire en signe de reconnaissance à tous ceux qui les assistaient dans leur ultime traversée, qu'ils ne les oublieraient pas et viendraient les saluer individuellement dans leurs rêves le moment venu…

Tel que tu es alité et bien entouré dans ce hangar, personne ne s'imaginerait que tu n'es plus de ce monde. On entend maintenant des éclats de rire provenant d'une assistance qui a trouvé ses marques dans votre parcelle. Les gens du quartier Trois-Cents, ceux des quartiers voisins se sont assis sur des nattes qu'ils ont déployées à même le sol, ces mêmes nattes sur lesquelles ils dormiront la nuit d'aujourd'hui. Pour beaucoup, il s'agit de retrouvailles après qu'ils s'étaient déjà rencontrés dans d'autres veillées de Pointe-Noire. Ils viendront chaque soir pendant les quatre jours veiller près de la dépouille, et chaque matin ils vaqueront à leurs occupations quotidiennes jusqu'au jour de l'enterrement.

Ton corps semble apaisé, mais tu te dis que tu t'es laissé prendre au piège, rassuré que ce premier jour de tes funérailles ne se terminera jamais, qu'il tiendra sur un siècle et que ton bonheur, lui aussi, sera séculaire. Comment peut-il en être autrement quand à présent tu as le sentiment que le jour est aussi long qu'une année, que les heures durent un mois, et les minutes, une journée ? Tout cela te pousse à te relâcher, à profiter de la nonchalance du temps pour savourer cette musique lointaine, celle qui te redonne les ailes que tu avais perdues, celle qui te pousse à survoler de vastes jardins de tulipes blanches, accompagné de myriades de cygnes au plumage d'arc-en-ciel. Ces cygnes et toi, vous arrivez au-dessus de la Côte sauvage où la mer n'est plus qu'une immensité argentée et figée avec, à l'horizon, une file indienne de chevaux blancs qui hennissent, viennent à votre rencontre, mais disparaissent soudain les uns après les autres dans le ventre de l'Océan. Lorsque tu te retournes sur la grève déserte, tu restes un instant pétrifié : c'est le vide, le silence absolu, un immense trou noir. Peut-être parce que tu ne sais plus à quel endroit tu te trouves, emporté par un autre songe qui te fait traverser des kilomètres et des kilomètres. La seule lumière que tu perçois, c'est celle qui est devant toi – en fait elle est derrière toi –, et tu avances, attiré par une porte immense, l'unique direction pour toi. Elle donne sur les ténèbres les plus épaisses avec, au loin, un faible éclairage qui dessine les contours d'une minuscule habitation dominée d'une croix sur laquelle siège un corbeau dont le croassement ininterrompu déchire encore plus la quiétude de la nuit…

Les chanteuses-danseuses-pleureuses

Tu revois le deuxième jour de tes funérailles. Des femmes qui chantent, qui dansent et qui pleurent tout autour de toi. Tu es sous l'emprise de leur charme, tu perds la sérénité habituelle des dépouilles. Tu contiens difficilement l'envie de quitter ton lit de mort, de passer ton bras autour des reins de la plus belle de ces créatures et d'exécuter avec elle la fameuse danse des Bembés, le *Muntutu*. Dans cette danse ancestrale, qui est aussi celle de l'initiation sexuelle des jeunes gens dans ta tradition, on imite le rassemblement d'un troupeau de sangliers avec, au centre du cercle des danseuses et des danseurs, le mâle le plus ancien et la femelle la plus gracieuse, les deux animaux rivalisant de coquetterie et encouragés par les couinements complices du reste du troupeau.

Ces « chanteuses-danseuses-pleureuses », ainsi que les appellent maintenant les Ponténégrins, rendent fous la plupart des hommes qui se relayent dans le cercle dessiné à l'aide de la chaux vive. Le pari étant de bien coller et serrer la femme, de fermer les yeux pendant que la danse devient de plus en plus envoûtante et que la transpiration de la cavalière et celle du cavalier se confondent et que les gouttelettes échouent sur le public qui les accueille avec des cris d'euphorie. Recevoir de la transpiration, c'est en somme la récompense suprême, la raison qui pousserait un autre cavalier à détrôner celui qui est déjà sur la piste, une manière de réclamer une revanche sous l'incitation de la foule en délire.

Ces femmes ont toutes débarqué de la région de la Bouenza. Tu entends les commentaires les plus osés sur leur cambrure, ou plutôt, pour parler comme les Ponténégrins, de « leur Pays-Bas », avec leur façon de nouer le pagne autour des reins, le nœud à peine serré, laissant le nombril bien à découvert, conscientes que c'est là que les regards des hommes vont converger. Et elles se tortillent dans une reptation soutenue, tandis que leurs voix, les unes plus mélodieuses que les autres, enjolivent jusqu'à l'aube les roulements frénétiques des tambours de petits hommes musclés au cou chargé de colliers en cauris.

Dans la journée, elles se vêtent de rouge des pieds à la tête, agitent des mouchoirs blancs avec l'allégresse des fêtes de mariage. On ne parle que d'elles à Pointe-Noire, on oublie le mort, on oublie le chagrin, et elles en sont conscientes. D'ailleurs, les taximen, les conducteurs d'autobus et autres automobilistes qui les croisent aux carrefours klaxonnent, sifflent, promettent de passer danser avec elles le soir à la veillée. Elles en rient, exagèrent encore plus leur démarche très allusive, laissant aux hommes le soin d'apprécier ce que les Ponténégrins les plus vicieux qualifient de « secousses vertigineuses du Pays-Bas ». Pour ces automobilistes, ce n'est pas de la rigolade, ils seront vraiment présents, ces femmes ayant bien précisé qu'il ne fallait pas se tromper de veillée, qu'il s'agissait de celle de Liwa Ekimakingaï, le jeune commis de cuisine, le petit-fils de Mâ Lembé, celui-là qui travaillait à l'hôtel *Victory Palace*. Cela suffit à n'importe quel Ponténégrin pour se retrouver…

Le soir, tous les chats sont gris, et ces femmes s'habillent en noir, le visage badigeonné de kaolin parce qu'elles chantent, dansent, pleurent avec les esprits, se dissolvent dans le mystère de la nuit et préparent ton chemin vers Mpemba, le nom que les légendes des Babembés attribuent à ce territoire désertique où le soleil se couche pour toujours, où ceux qui y échouent ne feront que marcher, marcher tout droit, sans l'opportunité de revenir sur leurs pas au risque d'être métamorphosés en statue de sel.

Ces chanteuses-danseuses-pleureuses ne sont pas affectées par le long trajet qu'elles ont effectué. Elles ont emprunté les camions Isuzu dans l'arrière-pays, venant de différentes localités comme Kibounda, Moudzanga, Kingouala, Kingomo, Mandou, Louboulou, Hikolo ou Kimbimi pour se rassembler à la gare centrale de Nkayi et prendre le train qui les a conduites jusqu'à Pointe-Noire.

Ce voyage a duré vingt-quatre heures pendant lesquelles elles ont révisé leur répertoire de chants funèbres, coordonné leurs gestes de chorégraphie, décidé une fois pour toutes lesquelles feraient les sopranos, les mezzo-sopranos ou les contraltos et à quel endroit elles devront être placées dans la parcelle du défunt afin que l'assistance entende et comprenne clairement les paroles des chants.

Elles sont plus de deux cents, composent un groupe à part dans la parcelle, et leur chorale est si huilée que le reste du public attend qu'elles donnent le *la*, répètent trois ou quatre fois le refrain avant de les suivre. On les paye pour leur capacité à verser des larmes en une fraction de seconde, à garantir aux familles éprouvées une compassion sans failles et de vrais pleurs comme si elles étaient en face de la dépouille de leurs propres parents.

Mâ Lembé, qui continue à t'apparaître de dos dans ce rêve le plus long de ta mort, n'a pas payé leurs services. Elle n'en aurait pas eu les moyens, et elle est fière de la générosité de cette caste de chanteuses-danseuses-pleureuses. Elle connaît leurs parents puisqu'elle-même avait eu autrefois à les soutenir, c'est pour cela qu'aujourd'hui leurs petites-filles ont toutes répondu à son appel. Certaines sont venues avec leurs mères, et ce sont ces dernières qui avaient écouté le communiqué nécrologique à la Radio Nationale et avaient demandé à leur progéniture d'aller amoindrir la douleur de leur ancienne amie afin que le voyage de son petit-fils vers l'au-delà se fasse dans la danse et dans la joie. Ces mères restaient en retrait pour ne pas gêner le travail de compassion de leurs filles à qui elles ne manquaient pas de prodiguer quelques conseils de vétéranes.

La présence de ces chanteuses-danseuses-pleureuses a néanmoins un coût caché : il faut les nourrir, rembourser les billets de transport car elles ont emprunté de l'argent afin de ne pas rater les funérailles. Elles ont ainsi droit au petit-déjeuner, au déjeuner, au dîner et au café à volonté, toute la nuit, pour qu'elles ne baissent pas la garde. Un cahier de cotisations circule tous les jours au Grand-Marché et dans les rues du quartier Trois-Cents pour couvrir les frais de tes funérailles. On frappe devant chaque porte, on recueille soit une pièce, soit un gros billet, et le plus souvent c'est une obligation déguisée puisque si vous vous défilez, on n'hésitera pas à vous lancer une menace à peine dissimulée, dans le genre :

– Ah donc vous ne donnez rien, c'est ça ? On verra bien quand votre famille sera éprouvée !

Les chanteuses-danseuses-pleureuses dorment à tour de rôle à la belle étoile sur leurs nattes, dans la cour, autour de toi. Lorsque la moitié d'entre elles s'endort, l'autre te veille, poursuit les chants, les danses, les pleurs, te glorifie et te regrette, car le pire serait de laisser un grand silence ternir ta joie.

Oui, elles sont là, dans votre parcelle. Ce soir une bonne partie de la rue du Joli-Soir a été bloquée sans aucune autorisation municipale afin que les Ponténégrins qui le veulent, même ceux qui ne te connaissaient pas, disposent eux aussi leurs nattes sur la voie publique. Ils les replieront tous les matins.

Les chants en bembé déchirent la nuit. La transe est générale, on ne sait plus qui danse avec qui dans la foule. Des couples se forment, se lancent dans un *Muntutu* déchaîné sous les acclamations générales, et les voilà qui disparaissent dans une encoignure de la parcelle, relayés par d'autres couples qui entrent dans le cercle tracé à la chaux vive pendant que les batteurs de tams-tams giflent avec vigueur la peau de leur instrument et que plusieurs chanteuses-danseuses-pleureuses s'éloignent de toi, acceptent de danser « collées » et « serrées » contre des inconnus. Elles ne les repoussent que lorsqu'elles sentent vraiment leur souffle très près de leur oreille. Elles changent alors de danseurs, les défient d'un mouvement d'index répété pendant que les batteurs changent de rythme et que les gouttes de transpiration causent presque une émeute chez les hommes. Ces derniers veulent détrôner l'heureux cavalier blotti dans les bras de l'une des chanteuses-danseuses-pleureuses les plus « agitées » et les plus « prêtes », comme les hommes se murmurent entre eux.

C'est à ce moment-là que sous ton hangar tu piaffes d'impatience. Tu rassembles toutes tes forces pour te joindre à cette atmosphère festive, mais tes membres ne répondent pas, tu es lourd, si lourd que tu as le sentiment que ton poids finira par faire écrouler ton lit de mort et apeurer les autres femmes qui veillent sur toi.

Il ne te reste plus qu'à assister, impuissant, à ce rassemblement qui s'amuse, qui ne voudrait pas que cette deuxième nuit de tes funérailles s'arrête. Tu as envie de hurler, de crier au scandale lorsque tu discernes un peu plus loin une femme au visage barbouillé de kaolin. C'est une des chanteuses-pleureuses-danseuses, la plus « agitée », la plus « très prête » de toutes, et elle embrasse avec fougue un chauffeur de taxi dont la bedaine ne permet même pas de boutonner la chemise, puis elle entrouvre sa camisole, oriente elle-même la main du type sur sa poitrine avant que les deux ne disparaissent dans le véhicule que tu entends démarrer quelques minutes plus tard…

Le commis de cuisine

Au troisième jour de tes funérailles, Mâ Lembé ne s'est pas encore retournée, et ton visage, en tout cas celui de ce cadavre, s'est tout à coup assombri. Comme si tu prenais conscience que les louanges qui te sont adressées pendant les pleurs et les chants ne sont que de paroles creuses, exagérées. Comment peut-on prétendre que tu es le cadavre le plus beau depuis la création de la ville de Pointe-Noire ? Ces flatteries ne servent au fond qu'à te convaincre d'accepter ta condition de mort. La vie, elle, continuera sans toi et, pire, dans dix, quinze ou vingt ans, on ne saura plus qui tu étais.

Il est donc temps de t'en inquiéter, te répètes-tu, et s'il faut réagir, c'est maintenant ou jamais. Tu voudrais demander à ces flatteurs de déguerpir, de rentrer chez eux parce que tu dois te reposer dans ta chambre. Mais tu es maintenant au courant de la tradition puisque c'est ce que tu voulais déjà, t'enfermer dans ta chambre dès que tu t'étais planté devant la parcelle. Un défunt ne peut se voir que deux fois, et tu ne pourrais donc être au même moment dans ton lit de mort, sous ce hangar, puis au Frère-Lachaise où tu es plongé dans un profond sommeil, et vouloir, dans un troisième temps, te retrancher dans la pièce de ton enfance alors que les personnes présentes chez vous compatissent avec ta grand-mère depuis déjà deux jours et deux nuits.

En temps normal, comme chaque jeudi, tu te lèverais tôt, aux alentours de quatre heures et demie du matin. Tu n'aurais pas mis de réveil car c'est à cette heure-là que tu entendrais dans l'autre pièce les toussotements répétés de Mâ Lembé, comme si elle expectorait ses poumons. « C'est encore ce tabac à mâcher », tu te serais dit, te promettant de lui demander de ne plus en consommer afin de préserver sa santé. Elle le mastiquerait comme d'ordinaire à l'aube, devançant de loin le chant des coqs. À ce moment tu l'entendrais parler, éclater de rire comme si elle était en compagnie de quelqu'un dans sa chambre.

Une fois, tu t'en souviens, elle avait hurlé de rage et sommé un certain Germain de sortir de sa maison sans quoi elle appellerait la police. Le lendemain tu lui avais posé la question, reconnaissant indirectement que tu avais toi aussi vu le visiteur nocturne :

– Qu'est-ce que Germain est venu faire chez nous en pleine nuit ? Il va continuer à nous déranger de la sorte ? Si c'est comme ça, je vais personnellement m'occuper de lui !

Mâ Lembé était restée figée de stupéfaction :

– Donc tu l'as vu toi aussi, hein ?

Tu avais fait semblant de continuer à la suivre dans ses délires, avec un ton calme et rassurant :

– Oui, je l'ai vu, c'est moi qui lui ai ouvert la porte parce que je croyais qu'il venait ici avec de bonnes intentions…

– Ah, ben voilà ! Je me demandais bien comment il avait fait ! La prochaine fois ne lui ouvre plus la porte, c'est un salaud ! Il n'a pas voulu de ta mère, il m'a abandonnée alors que j'étais enceinte d'Albertine ! Et je t'avoue que je n'aime pas sa tenue de gendarme…

Tu avais su ainsi que ton grand-père se prénommait Germain. C'est tout ce que tu sauras. Son nom de famille restera un mystère. Mâ Lembé était toujours hantée par cet homme qui peut-être n'était plus de ce monde. En tout cas, elle ne te dira rien de plus, et d'ailleurs, le soir, en revenant du *Victory Palace*, lorsque tu avais voulu relancer la conversation à ce sujet, elle était perdue :

– Germain ? Tu as dit Germain ? Mais c'est qui donc ce Germain ? C'est ton nouveau chef au travail ?

D'autres nuits, ce n'était plus Germain qui était là, mais une présence plus apaisante : celle de ta mère, Albertine. C'étaient incontestablement les moments les plus joyeux de ta grand-mère, dont l'agitation ne s'arrêtait plus. Elle riait à gorge déployée, frappait des coups de canne par terre, contre le mur, sa façon de signifier qu'elle était enchantée. Puis la voilà qui proposait à ta mère de s'asseoir sur un tabouret, elle lui servait du vin de palme et lui racontait les dernières nouvelles de la maison. Les deux ne parlaient que de toi, de ton avenir :

– Albertine, je te dis de ne pas te faire de soucis, tout se passe bien, Liwa se comporte comme un homme honorable. Jamais il ne rate une journée de travail depuis que George Moutaka, le mari de Denise, une de mes collègues du Grand-Marché, nous a aidés à lui trouver ce poste à l'hôtel *Victory Palace*. George c'est le jardinier de l'hôtel, et comme il est le plus ancien des gens qui travaillent là-bas, les Blancs l'écoutent, embauchent sans discuter les gens qu'il ramène. En fait, il a été là depuis l'ouverture de l'hôtel, et je crois qu'il a mon âge ou peut-être deux ou trois années de plus que moi…

Puis, tu l'avais entendue baisser la voix :

– Oui, je sais, tu vas me demander si j'ai eu une histoire avec George Moutaka ! C'est vrai, on ne se cache rien toi et moi mais ça, ce n'est pas une histoire, je n'aurais pas dû faire ça à mon amie Denise, j'en ai honte, mais je voulais simplement vérifier si je pouvais encore sentir un homme ou si mon corps était tombé en panne pour de bon, c'est tout. On n'a d'ailleurs fait « la chose-là » qu'une seule fois. Tous les deux on n'était pas à la hauteur, lui ça ne fonctionnait pas, et moi ça me rendait nerveuse et coincée à cause de Denise, mais je voulais aider mon petit-fils à qui il a finalement trouvé du travail…

Sa voix était devenue tremblotante :

– Ce n'était pas facile, Albertine. Je ne voulais rien devoir à George, donc je lui ai en plus donné un peu d'argent pour avoir la conscience tranquille. Je croyais qu'il allait refuser, mais il a vite pris les billets, les a fourrés dans sa poche sans me dire merci. Liwa ne sait pas jusqu'à présent que j'ai couché avec quelqu'un que j'ai en plus payé pour qu'il ait du travail, sinon, le connaissant, il chercherait à me rembourser, à casser la gueule au vieux jardinier et à démissionner du *Victory Palace* !

Après un moment de silence, elle avait changé de ton et t'avait couvert de compliments :

– Cet enfant a un grand cœur, je te dis : quand il touche son salaire, il veut me donner la moitié ! Qu'est-ce qu'une vieille comme moi ferait avec de l'argent, hein ? Ton fils, je veux dire mon petit-fils, a maintenant vingt-quatre ans, et ça fait déjà cinq ans qu'il travaille. Il va bientôt refaire la maison, il a déjà changé quelques planches du côté de la rue pour qu'on n'ait pas honte devant les passants, il a arrangé la douche avec de nouvelles tôles qui nous servent de façade. C'est surtout la toiture qui nous cause des problèmes quand il pleut, mais il s'en occupera dans deux ou trois mois, il ne veut plus que je dépense un seul franc CFA. Tu peux me croire, Albertine, il ne gaspille pas son argent, et d'ailleurs je ne l'ai pas encore vu ramener de femmes ici. Mais peut-être qu'il fait ses choses dehors pour me respecter.

Elle avait fondu ensuite en larmes, supplié ta mère de continuer à lui envoyer des clients au Grand-Marché et juré qu'elle ne céderait pas l'autre étal à qui que ce soit.

– Tu sais, Albertine, cet étal, c'est ce qui nous relie. Je ne te l'ai jamais avoué : un jour, alors que je n'avais plus rien et que les clients étaient rares, j'ai laissé mon sac à main sur ton étal, avec vingt mille francs CFA à l'intérieur. Quand j'ai repris et ouvert le sac, les vingt mille francs avaient fait des enfants : j'avais maintenant cent mille francs ! Est-ce que c'était toi qui m'avais donné ça ?

Oui, Mâ Lembé serait en train de tousser à quatre heures et demie du matin quand tu t'apprêterais pour aller au travail. Elle aurait engueulé le géniteur Germain qui aurait regagné en courant le pays des chimères où il serait redevenu poussière, laissant ta grand-mère savourer son dernier sachet de tabac à mâcher, et peut-être rigoler et boire du vin de palme avec Albertine. Et comme la nuit ne se serait pas encore complètement évanouie, tu augmenterais la lumière de ta lampe-tempête pour t'emparer de ta trousse de toilette et sortir de la maison avec une serviette autour des reins. Tu traverserais la cour et atteindrais enfin la douche dans le coin de la parcelle qui donne sur la rue Albert-Moukila, perpendiculaire à la rue du Joli-Soir. Tu avais quelque peu refait cette douche, mais elle n'a pas changé puisque c'est juste quatre tôles reliées et formant un carré avec une petite entrée qui se bloque à l'aide d'un fil de fer.

Tu te serais muni de deux seaux remplis d'eau que tu aurais puisée à l'autre bout de la parcelle. Un seau pour te savonner et passer l'éponge, un autre pour enlever la mousse avant d'utiliser la serviette…

Tu finirais de t'habiller à cinq heures du matin, et tu prendrais un bus sur l'avenue de l'Indépendance en direction de l'hôtel *Victory Palace*. L'autobus traverserait le quartier encore endormi. Les camions de la voirie seraient déjà en activité à chaque carrefour de la ville, vidant les poubelles, les balançant sur le bord des artères dans un tintamarre qui n'indisposait plus la population tellement cela faisait partie de son quotidien.

La route serait longue, car l'avenue de l'Indépendance coupe la ville de bout en bout. Tu sentirais l'odeur du pain chaud de la boulangerie *Cocopain*, tu apercevrais les gens alignés devant la *Pharmacie Sympathique* pour être certains d'avoir les médicaments avant la rupture de stock, et tu serais surpris par le trafic encombré de l'avenue Raymond-Paillet, à cause des habitants qui se rendraient pour la plupart au centre-ville où ils travaillent, et qui regagnent en fin de journée leur domicile dans ces quartiers que certaines mauvaises langues qualifient de « bidonvilles ».

Tu serais arrivé du côté du boulevard du Général-Charles-de-Gaulle, et lorsque le bus s'arrêterait devant le restaurant *La Citronnelle*, la rue Bouvanzi où se trouve le *Victory Palace* ne serait plus qu'à quelques enjambées.

Ton chef, Monsieur Montoir serait là, en train de donner des directives pour le petit-déjeuner des premiers clients qui descendraient bientôt des chambres. « Monsieur Montoir » ? Tu préférais l'appeler « papa ». Ça le gênait au départ, il estimait que tu le vieillissais et qu'à soixante-deux ans il n'avait pas encore dit son dernier mot « auprès des femmes », lançait-il. Il s'y était cependant accoutumé puisque le personnel entier l'appelait aussi « papa », et vous aviez passé du temps à lui expliquer que c'était plutôt un signe de respect, que s'il était marié même à une femme de vingt ans, ils l'auraient appelée « maman », y compris le jardinier George Moutaka, celui qui t'avait fait embaucher, aujourd'hui âgé de soixante-quinze ans et que le personnel surnommait « l'Australopithèque ».

Tu avais toutes les raisons d'appeler Monsieur Montoir « papa ». C'est lui qui te formait et, dans la cuisine, tu ne le quittais pas d'une semelle. Sous sa direction, tu l'aidais dans la mise en place, dans le rangement des provisions, tu épluchais les légumes, les pommes, tu lavais les salades et préparais la plupart des garnitures. Il avait besoin de toi pour les plats congolais qu'il avait réussi à métisser avec la cuisine française. C'était grâce à toi, certes, mais surtout grâce aux conseils que te prodiguait Mâ Lembé. On te retrouvait également dans le nettoyage du matériel de cuisine quand tu n'épaulais pas les plongeurs. Tu étais en fait partout, et ton statut de commis de cuisine, tu ne le revendiquais que parce que c'était ce qui était écrit sur ta fiche de paye. Normalement tu ne comptais pas rester à ce poste toute ta vie. « Papa » t'avait parlé de la possibilité d'évoluer dans le métier. De commis cuisinier, tu avais au moins quatre étapes à franchir pour atteindre le sommet : cuisinier, chef de partie, second, puis chef de cuisine. Tu avais cessé de nourrir des illusions, cela faisait quatre ans que tu restais au point de départ, sans être convoqué par la direction pour te voir proposer l'échelon supérieur de la brigade. Ta compétence n'était pas remise en cause : tu avais une grande capacité de travail, avec une motivation et un sens de la discipline irréprochable. « Papa » lui-même n'était pas avare de félicitations lorsqu'il étalait devant tout le monde tes aptitudes à travailler en équipe. Les autres employés congolais riaient presque sous cape et te rappelaient que cet hôtel n'avait jamais eu un chef cuisinier congolais, et que ce n'était pas demain la veille. À défaut de progresser, tu t'appliquais, tu te dévouais et gagnais la confiance de « papa » qui avait un temps parlé de t'aider à aller en formation à l'École Ferrandi à Paris où il avait de nombreux tuyaux. Il t'avait expliqué que cette école privée créée dans les années 1920 comptait d'anciens élèves qui avaient leur propre restaurant. Et il avait ouvert les pages d'un des Guides Michelin qu'il rangeait dans un angle de la cuisine pour pointer du doigt les noms de ces restaurants, leur chef et les multiples étoiles qu'ils avaient reçues.

Par curiosité, tu lui avais demandé :

– Et nous, on a déjà reçu une étoile de ce guide ?

Il t'avait toisé d'un œil bovin avant de dire :

– Allons, il y a du travail qui nous attend, épluche les pommes de terre et prépare les garnitures…

Oui, tu te dis qu'en ce troisième jour de tes funérailles, tu ne voudrais plus de ces flatteurs qui en font trop, ils doivent déguerpir, te laisser tranquille avec ta grand-mère, tu dois te reposer, une longue journée t'attend à l'hôtel *Victory Palace* auprès de Monsieur Montoir. Mais comment ferais-tu pour qu'on entende ta voix au milieu de ce concert de pleurs et de rires ?

Il y a un océan qui sépare ces gens et le rêve le plus long de ta mort, rêve dans lequel tu n'as plus aucune prise. Tu es un morceau de bois sec emporté par le courant de tes illusions, et tu ne pourras plus éviter ce quatrième jour de tes funérailles, c'est-à-dire ton dernier jour sur terre, incontestablement le plus important car, si tu avais un mot à dire, il faudrait le prononcer là, après ce sera fini. Pour de bon…

La balade et la rue du Repos

C'est le quatrième jour, et donc celui de ton départ.

L'odeur du café est dans l'air en ce début de matinée. Certains ronflent encore sur leur natte. D'autres se nettoient le visage et se brossent les dents de l'autre côté de la rue du Joli-Soir.

Tout à coup, une larme dégouline de ton œil droit. Personne ne s'en rend compte. Tu ressens sa tiédeur sur ta joue.

Un corbeau débouche de nulle part, rase la parcelle en diagonale, braille sous les regards apeurés de ce monde qui te veille depuis trois jours et trois nuits.

Mâ Lembé ne te tourne plus le dos. Elle fait son âge. Elle maudit ce passereau de malheur qui vient de repasser au-dessus de l'assistance. Elle le menace de sa canne et se tient désormais sur ses gardes, assise près de ton lit de mort, guettant le ciel comme si elle s'attendait à une autre effronterie de ce corbeau.

À l'aide d'un balai de brindilles de feuilles de palmier, elle chasse les mouches qui bourdonnent autour de toi.

Dans son zèle pour te protéger contre ces insectes dont les plus opiniâtres foncent dans tes narines, elle rate parfois sa cible, et tu reçois des coups dans le visage pendant que les chanteuses-pleureuses-danseuses contiennent leur éclat de rire.

On t'a fabriqué un cercueil en bois d'ébène avec des clous en or plaqué. Pourvu de poignées à l'avant, au milieu et à l'arrière, il est facile à soulever et à mouvoir. Ta photo est collée sur le couvercle coulissant, on aperçoit à travers la vitre ton visage maquillé à outrance, tes joues cloquées et tes lèvres hermétiquement serrées.

Joseph Mompéro, le célèbre menuisier du quartier Trois-Cents, a été plus que coopérant : il a diminué de moitié le prix de fabrication de ta bière alors qu'il y a consacré une journée entière de travail. La précaution avec laquelle il sciait les planches, les vernissait, les assemblait, puis procédait à la dépose des garnitures, aux finitions méticuleuses avait surpris les curieux qui l'entouraient. Certains avançaient que les termites, médusés par la délicatesse de cet art, délibéreraient longtemps, ne trouveraient pas de compromis et renonceraient à s'attaquer à ce beau cercueil.

On a déjà loué un corbillard, une quarantaine d'autocars, sans compter les centaines de volontaires qui proposent de transporter les gens dans leur voiture personnelle. Ton cortège devra être l'un des plus impressionnants de ces dernières années, et Mâ Lembé y tient. De même que ses collègues du Grand-Marché, qui toutes sont là, derrière la stature imposante de Sabine Bouanga. Elles ont mis le paquet dans les cotisations et dépassé la somme qu'elles s'étaient fixée. Elles étaient impliquées depuis le début dans la logistique. Sabine Bouanga avait dit à tout ce monde du marché :

– On ne meurt qu'une fois ! Il faudra marquer le coup le jour de l'enterrement ! Cet enfant, il est aussi le nôtre !

Et ce dernier jour, avant de t'en aller pour de bon, tu dois d'abord être « promené ». C'est une tradition de longue date, aucun défunt des quartiers populaires n'est enterré sans passer par cette parade dans les ruelles de la ville.

Les chanteuses-pleureuses-danseuses sont en rouge, parce que c'est la journée. Les autres femmes sont habillées en blanc, les hommes en noir, les enfants en orange. Sabine Bouanga et son groupe et les autres commerçantes arborent des pagnes verts avec des couvre-chefs violets.

La foule est immense et arrive jusqu'à l'avenue de l'Indépendance. Même si la circulation est maintenant paralysée dans le quartier, les six colosses à la musculature saillante et vêtus de costumes blancs avec des chaussures vernies noires à bout pointu parviennent à se frayer un passage avec le cercueil sur leurs épaules. De l'intérieur, tu ressens de violentes saccades lorsque ces hommes accélèrent leur foulée en rythme afin d'esquiver les camions qui s'orientent vers le Grand-Marché pour livrer les commerçants. Les chauffeurs de ces véhicules saluent la dépouille par un concert ininterrompu de klaxons.

Tu entends des mots de compassion :

– Dis bonjour à ceux qui nous ont précédés !

– Salue nos ancêtres qui vont t'accueillir !

La foule progresse maintenant à grandes enjambées.

Le cortège atteint le rond-point Patrice-Lumumba et s'arrête subitement. Il y a de vives discussions à l'avant. Personne n'est d'accord avec personne. Un camp veut poursuivre la route, l'autre conseille d'opérer un demi-tour. Pendant ce temps, c'est toute la ville qui devient prisonnière des embouteillages en cette fin de matinée.

On décide finalement le demi-tour, par prudence. Il ne faut pas pousser le bouchon trop loin. En fonçant tout droit, on entre dans le centre-ville. On emprunterait l'avenue Moé-Kaat-Matou qui débouche chez les Européens, les parents des ministres du gouvernement, mais aussi les femmes et les hommes d'affaires les plus nantis de la cité. Dans cette zone de Pointe-Noire l'ambiance bruyante des funérailles des quartiers populaires est strictement prohibée. Il y a eu des procès mémorables pour trouble de voisinage, et une loi est passée, punissant ce que la justice qualifie désormais d'« exhibition de cadavre devant les résidences privées et sur la place publique ». Ces hautes personnalités ponténégrines se plaignaient que la pratique de la promenade des cadavres salissait les artères avec des bouteilles de Primus, de 1664 ou de Ngok', sans compter les peaux de bananes, et ces sauvages des quartiers modestes qui se soulageaient contre les murs des somptueuses maisons du centre-ville alors que celles-ci faisaient la fierté de Pointe-Noire et encourageaient le tourisme dans la cité.

Tu boudes quelque peu dans ta bière. Tu aurais voulu parcourir de bout en bout ce centre-ville jusqu'au boulevard du Général-Charles-de-Gaulle que tu sillonnais dans la semaine pour te rendre à ton lieu de travail. Tu aurais ainsi dépassé les supermarchés Printania et Score, et tu serais arrivé jusqu'à la Côte sauvage où tu te serais souvenu qu'à l'époque de votre adolescence, Jose, Sosthène et toi-même, vous épiiez les cormorans que vous pourchassiez avec des lance-pierres. Vous ne leur faisiez pas de mal, vous les ratiez à dessein, ce qui importait c'était de rigoler de leur envol maladroit, et de les voir revenir, la mémoire courte, à quelques mètres de vous. La Côte sauvage, c'était pour prendre quelques poissons de mer auprès des pêcheurs béninois, les « Popos » comme vous les nommiez, à croire que tous les Béninois étaient des Popos alors que ces derniers, qu'on retrouve jusqu'au Togo, ne constituent qu'un peuple de la région côtière du sud-ouest du Bénin, et ils ont ramené à Pointe-Noire leur habileté en matière de pêche. Vous appréciiez la générosité des Popos qui, dès qu'ils voyaient un gamin vagabonder dans les environs de leurs cases de pêcheurs leur remettaient un sachet rempli de sardines, de chinchards ou de soles :

– Ramenez ça à vos parents, les enfants ! Et ne traînez pas trop dans les parages de l'eau, les sirènes et autres créatures aquatiques pourraient vous emporter avec elles.

Cette menace suffisait à vous éloigner de l'Océan qui, soudain, commençait à grommeler, à lancer des vagues démesurées. Vous rentriez en passant devant les maisons de ces riches Blancs, de ces familles bourgeoises congolaises installées dans la rue Félix-Éboué. Les voitures des résidents vous dépassaient, ralentissaient comme pour s'assurer d'avoir mémorisé vos visages au cas où une infraction ou un crime seraient déclarés. Et vous rejoigniez votre quartier Trois-Cents, l'atmosphère du bar-dancing *Joli-Soir* et ses enceintes orientées vers la rue ; les boutiques des Libanais et des Sénégalais collées les unes aux autres ; les vendeuses d'arachides grillées, de boules d'ambiance, de poissons frits, les chamaillades dans les parcelles, ou encore les voitures prises dans l'engrenage de la boue causée par la pluie diluvienne de la veille.

Mâ Lembé t'attendait devant l'entrée de la maison, elle prenait le sachet de poissons que t'avaient remis les Popos, et ce jour-là, peut-être aussi le lendemain ou le surlendemain, vous mangeriez des sardines, des chinchards et des soles…

Non, aucun macchabée n'avait plus franchi cette ligne rouge pour être baladé jusqu'à l'intérieur du centre-ville. La police ne rigolait pas, elle allait jusqu'à confisquer les corps au commissariat du rond-point Patrice-Lumumba jusqu'au payement intégral de l'amende. C'est pour cela que le cortège vient de faire demi-tour et qu'on ne te promène que dans quelques lieux de ton enfance : la rivière Tchinouka où, toujours avec Jose et Sosthène, tu pêchais les grenouilles vertes ; le quartier Rex où tu avais vu pour la première fois les films indiens, les films de karaté avec Bruce Lee, les westerns avec Clint Eastwood et Lee Van Cleef ; le quartier Bloc-55 où se déroulaient les courses aux cerceaux pour lesquelles tu excellais ; le stade Tata-Louboko où, une fois de plus avec Jose et Sosthène, vous assistiez aux matches qui opposaient l'équipe de votre quartier, le FC Bisoulou Na Kwanga, à celles des autres quartiers, en particulier le FC Mousiki Mbila, le FC Foufou Yatiya ou encore le FC Mwamba Ngouba. Ce dernier club était l'ennemi direct de votre équipe, car il avait remporté trois coupes de champions de Ponton-La-Belle alors que votre FC Bisoulou Na Kwanga n'avait jamais participé à une seule finale de la ville en vingt ans d'existence…

Mâ Lembé et ses collègues du Grand-Marché souhaitent que tu emportes dans l'autre monde ces images merveilleuses de l'enfance. Des images de joie, de rires, de danse, d'amour des Ponténégrins à ton égard.

Ta disparition a ému la ville. Elle a été rapportée dans le quotidien *Le Messager de Pointe-Noire*. La radio en a abondamment parlé et a mis en garde les jeunes de ne pas suivre ton exemple. Le lendemain de ce 15 août, on ne parlait que de toi et de cette soirée de la fête de l'Indépendance.

Dans cette impressionnante file de véhicules qui t'accompagnent à ton ultime demeure, il y a beaucoup de curieux. Ils souhaitaient être présents à l'enterrement « du jeune en question ». Et pendant que ce cortège avance sur la rue du Repos qui mène jusqu'au cimetière du Frère-Lachaise, dans l'autre sens de la circulation un autre cortège, plus modeste, en revient. Ton cortège le salue, l'autre cortège révère aussi le tien. C'est une tradition, cette rue n'étant empruntée que par des corbillards ou les camions de livraison de marchandises qui se rendent dans les localités gabonaises de Mougoutsi ou de Nyanga.

On se rapproche du Frère-Lachaise dont on aperçoit le portail largement ouvert. Au milieu des pleurs et des chants, quelques langues se délient, croient en savoir plus sur les circonstances de ta mort. Ce sont surtout ceux qui sont en queue de cortège qui se risquent dans les supputations. Ils n'oseraient pas le faire à quelques mètres de Mâ Lembé qui est tout devant, derrière le corbillard, avec Sabine Bouanga et les commerçantes du Grand-Marché, et juste après elles, les pleureuses-chanteuses-danseuses.

Ceux qui sont à la fin du cortège peuvent entendre des remarques du genre :

– Quelle mort étrange, mais il l'a méritée de toute façon !

– Pourquoi, diable, ce soir-là il n'est pas resté chez lui avec sa grand-mère ?

– La pauvre vieille femme, elle ne tiendra pas longtemps, elle suivra son petit-fils, dans des conditions aussi bizarres…

Au Frère-Lachaise

La promesse de Zarathoustra

Tu ouvres subitement les yeux, tu respires par à-coups, avec la sensation que tu viens d'échapper à une noyade, que ton corps était plongé dans le ventre de l'océan Atlantique pendant toute la période où tu étais embarqué dans le rêve le plus long de ta mort.

Durant une bonne minute tu te demandes pourquoi tu te retrouves ici, couché au-dessus d'une tombe. Au fur et à mesure que tes yeux se départissent de cette espèce de léger voile qui brouille les choses dans les environs, tu te rappelles à peu près que bien avant la lueur du jour tu avais ressenti comme un tremblement de terre suivi d'un cyclone qui t'avait emporté dans sa furie puis redéposé au-dessus de cette tombe sur laquelle tu t'étais plus tard endormi, transporté par un songe qui déployait les images de ton enfance, de ton adolescence, mais aussi celles des lieux de Pointe-Noire, ou encore de certains faits qui ont marqué ton existence, celle des êtres qui te sont chers, en particulier Mâ Lembé et Albertine, les deux femmes de ta vie, l'une qui t'aura accompagné jusqu'à la dernière heure, l'autre que tu n'auras jamais connue...

Pour l'heure tu ne reconnais rien autour de toi.

Ce qui te rassure c'est ton habillement parce qu'il n'a pas changé depuis plus de cinq jours : ta veste orange en crêpe et à larges revers que tu as tombée ; ta chemise verte fluorescente nantie d'un grand col à trois boutons et aux poignets mousquetaires arrondis ; ton nœud papillon blanc que tu redresses à l'instant en pensant à Mâ Lembé qui ne supportait pas qu'il penche d'un côté. Et quand tu regardes plus bas, tu ne rates pas ce pantalon violet à pattes d'éléphant puis, un peu plus loin, tes chaussures Salamander rouges vernissées pourvues de lacets blancs et éparpillées de part et d'autre de la sépulture.

Tu commences à saisir que tu es au Frère-Lachaise, ta nouvelle demeure...

Tu avais déjà visité le Frère-Lachaise lors de l'inhumation de ton oncle maternel, Jean-Pierre Mouberi. En réalité ce dernier était une vieille connaissance de Mâ Lembé qui venait de temps à autre à la rue du Joli-Soir sans que tu ne saisisses vraiment quel type de relation le liait à ta grand-mère en dehors du fait que lui aussi était de la région de la Bouenza. Dès qu'il se pointait, en général le week-end, ta grand-mère t'envoyait acheter deux bières 1664 au *Joli-Soir* et un litre de rouge, puis tu disparaissais pratiquement pendant une demi-journée, les laissant régler « les affaires de la famille », pour reprendre les mots de Mâ Lembé. Une fois que tu étais de retour, l'homme était prêt à partir, un large sourire aux oreilles, avec parfois un pan de la chemise mal enfilé ou une partie du col de la chemise dissimulée sous le revers de sa veste à manches courtes.

Prévoyant les questions qui devaient trotter dans ta tête, Mâ Lembé te disait, sans elle-même y croire :

– Jean-Pierre Mouberi, c'est ton oncle…

Puis elle ajoutait, comme pour clore le sujet :

– Oui, c'est ton oncle, on peut dire comme ça, ne te pose plus mille questions.

Et tu l'avais donc toujours considéré comme ton oncle. Avant de rallumer son scooter, il sortait une liasse de billets, la remettait à ta grand-mère :

– C'est pour le petit Liwa.

La vespa démarrait d'un coup, Mâ Lembé allait jusqu'à l'entrée de la parcelle pour voir la motocyclette dépasser le *Joli-Soir* et disparaître à l'horizon, avalée par le trafic de l'avenue de l'Indépendance.

– Quel homme bien, ce Jean-Pierre, murmurait-elle sans se rendre compte que tu étais juste derrière elle…

Jean-Pierre Mouberi avait trouvé la mort au cours d'un accident de circulation vers le cinéma *Rex*. Un de ces camions qui distribuent les pellicules de projection dans les cinémas de la ville l'avait percuté alors qu'il sortait de la rue Louboulou, chez sa mère, tournait à gauche pour rentrer chez lui. Préoccupé sans doute par les échanges qu'il avait eus avec sa maman dont l'état de santé empirait, il n'avait pas eu la présence d'esprit, sinon l'automatisme, de céder la priorité au véhicule qui roulait à tombeau ouvert à droite. Cette intersection était connue des Ponténégrins comme l'une des plus dangereuses de la ville. Les accidents, la plupart mortels, ne se comptaient plus. Les habitants du quartier Rex avaient réclamé sans succès à la municipalité d'installer des feux à cet endroit. Chaque fois qu'il y avait un accident, le Maire s'empressait de promettre l'arrivée de ces feux :

– Ça prendra du temps de recevoir ces feux, ça doit venir de France, et là-bas, les Français eux-mêmes ont des soucis avec leur circulation.

La population avait fini par s'expliquer pourquoi le Maire ne souhaitait pas installer un feu qui sécuriserait la circulation au croisement de ces deux artères. Ces victimes d'accidents, en particulier les morts, seraient nécessaires à sa réélection, et ses sorciers étaient les plus gourmands du pays puisqu'ils demandaient à être payés en âmes. Donc plus les gens mourraient, plus le Maire resterait au pouvoir. Ceux qui ne suivaient pas cette thèse répandue dans le quartier Rex rejetaient plutôt la responsabilité sur les étrangers, c'est-à-dire les petits commerçants ouest-africains qui se livraient entre eux une concurrence sans merci à cette intersection, vendant des pagnes en wax, de la quincaillerie, des produits de première nécessité et des sucreries pour les enfants. Pour beaucoup, si leur commerce florissait à cet endroit mieux qu'au Grand-Marché, c'était grâce à ces morts, tel ton oncle Jean-Pierre Mouberi, dont ils rachetaient les âmes qu'ils hébergeaient et nourrissaient dans leur arrière-boutique.

En ce temps-là, Mâ Lembé avait insisté pour que tu rendes un dernier hommage à ce « parent » qui t'achetait une partie de tes fournitures scolaires à chaque rentrée de classes :

– Un neveu doit assister à l'enterrement de son oncle, c'est là que celui-ci le bénit pour qu'il ait une longue vie. En plus, tu n'auras plus à passer des heures et des heures à étudier tes leçons, depuis là-haut il te soufflera les réponses, il te suffira de recopier et tu obtiendras les meilleures notes...

Tu gardes le souvenir d'un cimetière dont les murs étaient peints en blanc. Il n'y avait pas de mauvaises herbes entre les tombes, les allées étaient droites, se rejoignant à ce carrefour qui est aujourd'hui en face de toi, avec au milieu une immense fontaine d'eau dans laquelle tu vois s'abreuver des myriades d'oiseaux au plumage bariolé. Le Frère-Lachaise comptait plusieurs tombeaux de célébrités, comme celui du poète national Jean-Baptiste Tati-Loutard ou encore celui du politicien Jean Félix-Tchicaya. Le premier était connu grâce à son poème *Baobab* que tu récitais à l'école et dont on avait choisi quelques-uns des vers en guise d'épitaphe :

Baobab ! Quand je serai tout triste
Ayant perdu l'air de toute chanson
Agite pour moi le gosier de tes oiseaux
Afin qu'à vivre ils m'exhortent
Et quand faiblira le sol sous mes pas
Laisse-moi remuer la terre à ton pied :
Que doucement sur moi elle se retourne !

Quant au défunt politicien Jean Félix-Tchicaya, tu avais aussi appris, mais seulement plus tard pendant l'année de ton Brevet d'études moyennes générales, qu'il avait été le premier député du Congo à l'Assemblée nationale à Paris, dans les années 1940, le Congo étant alors une colonie française. Tous les écoliers apprennent par cœur, sans pour autant appréhender ce que cela veut dire, que c'est Félix-Tchicaya qui avait demandé que la ville de Pointe-Noire devienne une vraie commune…

Hélas, ce temps du Frère-Lachaise où les défunts reposaient en paix, sans distinction de classes sociales, était maintenant révolu. Les riches de la ville avaient commencé à protester contre ce qu'ils qualifiaient de « laisser-aller ». Ils avaient rédigé une pétition publiée à la une du *Mweti*, le plus grand journal du pays, écœurés à l'idée que leurs honorables défunts côtoient au Frère-Lachaise ceux des quartiers populaires, ces culs-terreux qui ne savaient pas se tenir dans leur cercueil. Ces fortunés prétendaient qu'ils étaient les victimes d'une trahison des hommes politiques, puisque la promesse du chef de l'État, le président Papa Mokonzi Ayé alias Zarathoustra, de concevoir une réplique du Père-Lachaise français à Pointe-Noire avait été mise de côté. Or ces riches avaient soutenu Papa Mokonzi Ayé alias Zarathoustra en lui fournissant les moyens financiers pour acheter les armes nécessaires à son coup d'État qui lui avait permis de s'installer au pouvoir sans limitation de durée. Ces mêmes mécènes avaient par la suite appuyé la décision du même Papa Mokonzi Ayé alias Zarathoustra de modifier la Constitution afin qu'il n'y ait pas d'élections jusqu'à sa mort. Et pour ceux qui attendaient sa disparition dans le dessein de se porter candidat à la succession, un petit alinéa de la nouvelle loi précisait que son fils reprendrait automatiquement le pouvoir le jour du décès de son père.

Selon ces capitalistes ponténégrins, il n'était pas donné à n'importe quel Blanc en France d'être inhumé au Père-Lachaise, le plus célèbre cimetière du monde entier. Les riches Congolais rappelaient le côté à la fois historique et prestigieux de la nécropole française qui tirait son nom de François d'Aix de La Chaise, prêtre confesseur de Louis XIV, le Roi-Soleil, qu'admirait d'ailleurs ouvertement Papa Mokonzi Ayé alias Zarathoustra au point qu'il rêvait, lui aussi, d'exercer plus de soixante-douze ans de règne comme le monarque français.

Et les voilà qui se plaignaient :

– Ça sert à quoi d'être riches dans sa vie si c'est pour finir en voisins de tombe avec ces fainéants de pauvres ? Les Français, eux, l'ont bien compris : c'est plus facile de réussir son agrégation en Lettres ou son concours d'entrée à l'ENA que de se voir un jour attribuer une petite place au Père-Lachaise !

Ils concluaient, dans le but de clouer le bec aux derniers des incrédules, que les gens visitaient ce cimetière parisien comme si c'était un musée, avec ses occupants connus du monde entier : la chanteuse Édith Piaf ou encore l'écrivain Molière, que tu avais étudié à l'école.

C'était l'année où Papa Mokonzi Ayé alias Zarathoustra avait promis une réplique du Père-Lachaise aux opulents que le petit peuple avait pris les devants en surnommant « Frère-Lachaise » ce lieu qui avait toujours été modestement appelé « Cimetière des Pauvres » et qui recevait également les riches malgré son appellation. En réalité, dans ce nom ancien, « Pauvres » était plutôt synonyme de « Défunts », et non d'indigents. Pris de court, et dans le dessein de satisfaire les bourgeois dont la grogne croissait et aurait pu secouer le pouvoir, Papa Mokonzi Ayé alias Zarathoustra avait décrété l'ouverture d'un cimetière baptisé « Cimetière des Riches » après que les conseillers du chef de l'État avaient dissuadé ce dernier d'écouter le camp qui proposait des noms du genre « Père-Lachaise du Congo » ou « Père-Lachaise de Pointe-Noire ». Le danger serait alors de laisser penser au peuple que le gouvernement se serait inspiré du « Frère-Lachaise » qui devenait de plus en plus populaire au pays et non du célèbre cimetière français de la rue du Repos, dans le XXe arrondissement de Paris. Les Ponténégrins, connus pour leur indocilité, refusaient désormais de reconnaître que la rue goudronnée qui menait jusqu'à ce cimetière de pauvres s'appelait rue Papa-Mokonzi-Ayé. Ils la désignaient du nom de l'artère française conduisant au Père-Lachaise, la rue du Repos, même si le gouvernement n'avait pas reconnu cette dénomination et interdisait formellement de la mentionner dans les plans de ville.

Une fois que le nom « Cimetière des Riches » avait été retenu par décret présidentiel, l'armée nationale avait été chargée d'exhumer les célébrités du Frère-Lachaise pour les installer dans le nouveau territoire où les tombes sont de véritables habitations qui attirent les touristes du monde entier.

Même si on avait réuni la somme nécessaire grâce aux cotisations du quartier Trois-Cents et des femmes du Grand-Marché, la demande de Mâ Lembé de t'inhumer au Cimetière des Riches, juste pour le prestige, aurait été sèchement rejetée par les autorités municipales. La raison ne serait pas liée à ta classe sociale car on avait vu des gens modestes reposer dans cette nécropole, leur famille ayant contracté un crédit bancaire remboursable sur une dizaine d'années. Outre le fait que le mort devrait justifier d'une moralité irréprochable, pour mériter un espace au Cimetière des Riches il faut être quelqu'un qui est « bien mort ». Or, toi tu es « mal mort », comme continuent à le penser les Ponténégrins malgré la grande parade qu'ils t'ont offerte pour te ramener ici. Oui, les circonstances ayant entraîné ta mort auraient soulevé un véritable tollé au Cimetière des Riches...

Le DRH

Tu t'éloignes de quelques mètres de ce que tu considères désormais comme ton manguier, point de repère de ta tombe. C'est cet arbre qui te procure de l'ombre maintenant que le soleil semble cramer les herbes qui entourent certaines sépultures. Tu prends garde de ne pas marcher sur les autres tombeaux. Les uns sont entretenus comme s'ils étaient des résidences habitées par des vivants, d'autres semblent avoir été désertés et ne laissent aucun indice sur l'identité de leur occupant.

Tu découvres çà et là les multiples épitaphes, quelques-unes gravées sur la tombale, d'autres sur une stèle avec des lettres dorées ou argentées. Tu passes des inscriptions les plus bavardes ou ampoulées à celles laconiques et expéditives, comme si les familles soufflaient enfin avec le départ de leur proche.

Tu manques de tomber des nues devant deux de ces inscriptions. Comment avait-on pu laisser passer ces fautes grossières qui auraient dissuadé n'importe quel cadavre digne de ce nom d'aller dans l'autre monde avec de tels handicaps ?

Sur une des tombales, il est en effet écrit en lettres capitales :

« À NOTRE SŒUR AIMÉE, QUE SON ÂNE REPOSE EN PAIX »

Est-ce la sœur qui est enterrée ou bien son âne, t'interroges-tu faussement ? À moins que, comme tu perçois les choses à l'envers – la seule anomalie qui te résiste depuis le matin –, les « m » remplaceraient dorénavant les « n » et vice versa ? Et pourquoi donc « aimée » est bien accordé au féminin ? Au fond, ce n'était peut-être pas « sœur aimée » qu'on avait l'intention d'écrire, mais « sœur aînée ». Tu te consoles dans ce sens, une façon d'accorder le bénéfice du doute à la famille de cette pauvre sœur aimée, ou aînée…

Deux tombes plus loin, et c'est certainement celle qui retient le plus ton attention car tu considères son épitaphe comme la plus ambiguë et la plus humiliante de toutes celles que tu as lues jusqu'à présent, tu lis :

« S'IL GÎT, LE DRH PROSPER MILANDOU
RESTERA DANS NOS CŒURS »

Les membres de la famille de cet individu doutaient-ils du repos éternel de leur défunt ? Tu adorais la rédaction et l'orthographe à l'école, et tu pinailles dans ta tête : le verbe « gésir » est en principe un verbe intransitif défectif, c'est-à-dire qu'il ne se conjugue pas à toutes les formes possibles, et il signifie « être couché », par conséquent « Ci-gît » voudrait dire « Ici repose » ou « Ici est enterré ».

Tu brûles d'envie de corriger cette épitaphe, et tu déniches par terre un bout de charbon. L'opération ne sera pas ardue, la croix est blanche, il te faudrait simplement supprimer la virgule, rayer ce « S'il » trop dubitatif, le remplacer par un « Ci » puis, entre « Milandou » et « restera », rajouter le pronom relatif « qui », et tu murmures la bonne formule : « *Ci-gît le DRH Prosper Milandou qui restera dans nos cœurs* ».

Au moment où tu entreprends de rayer « S'il », tu entends un bruit de pas et quelqu'un s'égosiller :

– Je suis derrière toi ! Je veux plutôt dire, je suis devant toi !

Tu ne vois toujours personne.

– Si tu veux me voir, regarde dans le sens contraire, tu devrais déjà être habitué ! Je vais te délivrer, sinon tu finiras dans le grand fossé sans fond. Je constate d'ailleurs que ta tête s'orientait déjà vers le trou noir…

Il s'approche de toi, renifle tes habits :

– Tu sens vraiment le Mananas à outrance ! On t'en a trop aspergé à la morgue ou quoi ? Et puis, qu'est-ce que cet habillement ridicule de zouave ? On croirait que tu es mort pendant que tu jouais un rôle dans une pièce de théâtre ! Et cette chemise fluorescente verte ! J'ignorais que les poignets mousquetaires arrondis étaient encore à la mode ! Bon, j'arrête, j'arrête, l'habit, dit-on, ne fait pas le moine, même si, en général, c'est par l'habit qu'on le reconnaît... Passons aux choses sérieuses !

Il palpe tes mollets, puis tes cuisses. Gêné par ces manières venant d'un individu que tu ne connais pas, tu lui tends la main, une façon de lui rappeler les bases élémentaires de la politesse.

Il la considère un instant, refuse de la serrer et détourne son regard :

– On n'a pas besoin de salamalecs ici. Tourne plutôt autour de toi jusqu'à ce que tu aies les vertiges et t'écroules par terre...

Tu ne lui obéis pas, l'homme insiste :

– Si tu veux voir les objets qui t'entourent dans le bon sens, tu as intérêt à m'écouter.

– Pourquoi suis-je forcé de vous croire ?

– Parce que nous sommes tous passés par là ! Je pourrais aussi te laisser comme je t'ai trouvé...

Tu t'exécutes sans te demander quel intérêt il tirerait à te vouloir du bien. Tu t'écartes du périmètre de ta tombe, tu opères plusieurs tours vertigineux autour de toi-même, comme si tu exécutais une danse endiablée avec une cavalière imaginaire et, emporté par cet élan, tu as la sensation que tout te tombe dessus, qu'en bas les nuages remontent vers toi tandis qu'à tes pieds les objets se détachent du sol, flottent à la hauteur de ta poitrine, mais sont retenus en l'air pendant que tu t'écroules par terre, la respiration hachée...

Tu sens une main qui t'attrape à l'épaule pour te relever. Tu as encore les yeux à moitié fermés au moment où tu reçois deux violentes baffes sur chacune de tes joues.

– Eh !!! Pourquoi vous permettez-vous de me gifler ???

– Pour stopper les vertiges.

– Vous vous rendez compte que moi je...

– Laisse le vouvoiement aux vivants, ici on est entre nous...

Les baffes t'ont en effet bien secoué car ton interlocuteur t'apparaît plus réel, et le ciel est maintenant en haut tandis que le sol est revenu en bas.

Il est réjoui du résultat :

– Est-ce que ça va à présent ?

Il est vêtu d'un costume gris avec une cravate noire mal nouée, mais tu te retiens de la lui rajuster, même si tu en ressens toujours le besoin depuis cette époque de ton enfance où Mâ Lembé s'acharnait sur ton nœud papillon pour aller à l'église *Grâce à Dieu*.

Grand de taille, les cheveux défrisés, tirés à l'arrière et attachés en queue-de-cheval, la barbe poivrée et si fournie qu'on ne voit pas sa bouche lorsqu'il s'exprime, on lui donnerait plus de soixante-dix ans. Il tient entre les mains un sachet en plastique dans lequel tu distingues des bananes et des mandarines.

Il pose ses yeux sur tes pieds :

– Ils t'ont vraiment enterré pieds nus ?

Tu indiques d'un mouvement de menton l'endroit où sont éparpillées tes chaussures.

– Ne les perds pas, il faut vite les reprendre et les remettre sur toi. Ce sont les chaussures qui nous rappellent que le monde est vaste. Les vivants, eux, t'apporteront des fleurs, jamais des souliers. Ils passent leur vie à les chausser, et ils ne comprennent pas que nous voudrions, nous aussi, consacrer notre mort à en porter alors que le chemin est long ! Quand on est mort, c'est pour longtemps.

Il arrange enfin sa cravate qui s'est mise bien de travers à cause du vent qui souffle de plus en plus :

– Je n'étais pas là quand tu es arrivé, et je m'en excuse, je ne peux pas être partout à la fois. Je passais la fête du 15 août au Cimetière des Riches, j'ai prolongé mon séjour de quelques jours, et c'est depuis là-bas qu'un ami, entre deux verres de pinot noir, m'a révélé que j'avais un nouveau dans mon territoire. J'étais fâché parce que ce secteur est déjà plein à craquer, mais on continue à nous envoyer d'autres occupants malgré nos protestations auprès de Mamba Noir. On va finir comment ici, hein ? On va se marcher les uns sur les autres comme dans une fosse commune ? Il y a un peu d'espace vers le mur là-bas, personne ne veut y habiter parce que, semble-t-il, le mur ça donne des cauchemars aux morts. N'importe quoi !

Il sort un fruit de son sac en plastique :

– Je sais que tu as un manguier ici, est-ce que tu voudrais une mandarine pour changer ?

– Non, merci, je n'ai pas faim…

Il sort un autre fruit :

– Tu préfères peut-être une banane alors ?

– Non, je n'ai vraiment pas faim.

– Ne t'en fais, mon gars, c'est comme ça au début, mais tu finiras par avoir faim. Ici aussi pour vivre on doit se nourrir. Maintenant que j'ai réglé ton sens d'orientation et de perception, tu n'auras plus de problème...

Il épluche la banane :

– Elle est très bonne ! Tu es sûr que tu n'en veux pas ?

– Non...

– Tant pis... C'est pitoyable de tomber sur des gens qui meurent et qui ne savent pas ce qu'il faut faire après.

Il jette un œil vers ta tombe :

– Donc ils n'ont rien écrit dessus ! Même pas une épitaphe truffée de fautes comme la mienne ? C'est quoi ton nom ?

– Liwa Ekimakingaï...

– Eh ben dis donc, c'est un peu gonflé, non ? Quelle idée de s'appeler « La mort a eu peur de moi » et de finir ici ! Et tu n'as pas de prénom européen comme tous les Congolais ?

– Non, je n'en ai pas...

– Alors tu es du Congo-Zaïre où ils n'ont pas de prénoms chrétiens ! J'aurais dû m'en douter !

– Non, je suis Congolais de Brazzaville, et je porte le nom que ma grand-mère m'a donné.

– Bon, moi je t'appellerai tout simplement Liwa, que tu sois du Congo-Zaïre ou pas !

Il t'indique d'un mouvement de tête la sépulture qui est à deux cents mètres derrière toi :

– Dis-moi, tu faisais quoi sur cette tombe avec ton bout de charbon ?

– Je voulais juste corriger les fautes d'orthographe, ça déshonore ce pauvre Prosper Milandou et…

– C'est pas à toi de le faire ! Est-ce que tu le connais, ce Prosper Milandou ?

– Non, mais à sa place je n'aurais jamais accepté cette inscription !

Il étouffe un rire :

– Eh bien, ce Prosper Milandou, tu vas vite le rencontrer !

– Ah bon, où ça ?

– Ici et maintenant, puisque c'est lui qui te parle actuellement…

Tu es pétrifié. Tu cherches comment retirer les mots que tu viens de prononcer au sujet de son épitaphe.

Trop tard, il t'arrache des mains le morceau de charbon, le projette quelques mètres plus loin et, le visage dur, il tonne :

– Ne t'amuse plus à ce jeu ici ! Je pourrais être ton grand-père, voire ton arrière-grand-père ! Tu n'es pas venu ici pour corriger les fautes !

Il jette derrière lui la peau de banane qu'il avait gardée entre les mains :

– Que je te dise, on compte au Frère-Lachaise des maîtres d'école, des profs de français, de grec, de latin, des licenciés et des docteurs en ceci ou en cela, des cerveaux si calés qu'on se demande pourquoi ils sont morts au lieu de rester chez les vivants pour répandre leur intelligence ! Ces fautes ne les ont pas empêchés d'habiter ici ! Ils sont humbles, ils ne sont pas aussi vaniteux que toi ! Tu te prends pour qui, hein ? D'ailleurs, est-ce que ce sont les morts qui écrivent les épitaphes ? Ce sont les vivants qui commettent ces fautes, pas nous ! Et puis, tu es qui pour te mesurer à moi en matière d'orthographe, hein ? Tu penses que si on fait la dictée de Mérimée, toi et moi, tu l'emporterais, hein ?

Il regarde vers sa sépulture :

– Ma pierre tombale est truffée de fautes, c'est ça ? Et alors ? Est-ce que tu as une épitaphe, toi ?

Tu te retournes et t'éloignes en direction de ta tombe.

Tu l'entends courir après toi :

– Attends ! Attends, s'il te plaît, excuse-moi de m'emporter pour rien, je n'ai pas fini les obligations qui m'ont ramené jusqu'à toi…

Tu t'assois au pied de ton manguier. Prosper Milandou, comme une ombre, s'assoit également, mais garde une petite distance entre vous deux, juste en face de toi.

Il prend un air grave qui contraste avec le personnage agité d'il y a quelques minutes :

– Normalement ma place ne serait pas ici, elle serait au Cimetière des Riches où je suis invité de temps à autre, murmure-t-il pendant qu'il regarde vers le ciel et que son visage s'assombrit de plus en plus.

Tu es confortablement adossé contre le tronc de ton manguier, presque au seuil de l'assoupissement, tu entends sa voix en fond sonore se lancer dans une sorte de longue tirade bien huilée, sans une seule hésitation et qui prouve que l'homme a raconté son histoire des milliers et des milliers de fois aux nouveaux venus de ces lieux. Pourquoi prendrais-tu le risque de l'interrompre ?

– Oui, moi Prosper Milandou, fils du grand avocat Zacharie Milandou, j'ai été quelqu'un d'important en France...

Il surveille l'effet de ses paroles sur toi et, voyant que tu ouvres les yeux, il accélère :

– En ce temps-là, oh je ne peux exactement le dater car la poussière est tombée dessus, et lorsque je raconte mes déboires aux débutants comme toi, ils pensent que je joue le fier-à-bras, que je me taille un costume de personnage d'exception ! Non, Liwa, je te jure qu'en France j'occupais le poste de Directeur des Ressources humaines à Paris, dans une grande compagnie, la Lyonnaise des Eaux... On m'appelait le DRH, comme tu l'as lu sur mon épitaphe dont seules les fautes t'ont intéressé. En tant que Directeur des Ressources humaines, j'avais à moi tout seul un vaste bureau au dixième étage d'un immeuble moderne dans le VIIe arrondissement, près du Champ-de-Mars. Ce bureau avait une vue sur la Tour Eiffel, et j'étais fier de me mettre debout devant l'immense baie vitrée d'où j'observais les touristes du monde entier visiter ce monument.

Quel autre bureau parisien aurait pu être mieux situé que le mien, hein ? Aucun ! Il me fallait ainsi être à la hauteur de ce privilège. Pour cela, j'étais toujours habillé en costume gris et cravate noire comme tu me vois maintenant, les chaussures cirées, les cheveux avec une raie au milieu. J'avais entre les mains un attaché-case noir en cuir, alourdi par les dossiers que je commençais à traiter depuis ma voiture de fonction. Mon chauffeur, un Camerounais, qui était aussi mon coiffeur, s'empressait de m'ouvrir la porte et me disait dès que je mettais le pied dehors : « Bonne journée de travail, monsieur le Directeur. » Aussitôt que j'entrais dans le hall de l'immeuble de notre société où l'on me disait également bonjour avec déférence, je penchais la tête, esquissais un petit sourire puis appuyais sur le bouton de l'ascenseur qui me conduisait jusqu'au dixième étage. Je longeais ensuite un immense couloir, saluant au passage mes collaborateurs, m'arrêtant quelques minutes à l'accueil pour consulter la liste de mes rendez-vous avant d'aller discuter dans mon bureau avec mes secrétaires, deux Françaises que j'avais recrutées dès qu'elles avaient terminé leur diplôme en Relations publiques. Au fond si je les avais choisies c'était parce qu'elles sortaient de l'Université de Paris-Dauphine, dans le XVIe arrondissement où j'avais moi-même été étudiant vingt ans plus tôt. C'était en tout cas ce que je rétorquais à ceux qui me reprochaient de ne pas avoir donné, comme ils disaient, « une chance aux femmes noires » et d'avoir plutôt embauché deux Blanches.

J'étais une des personnes les plus respectées dans mon domaine. Les gens étaient intimidés dès qu'ils franchissaient le seuil de mon bureau, peut-être à cause de la moquette rouge qui couvrait les cent-cinquante mètres carrés d'espace qui m'étaient exclusivement destinés. Les murs étaient peints en bleu ciel – ce qui apaisait la rigueur de mon activité car ce n'est pas facile d'avoir comme métier d'embaucher les gens qu'il faut au poste qu'il faut, et d'être parallèlement celui qui annonce aux pères ou aux mères de famille qu'ils ne feront plus partie de la boîte et qu'une procédure de licenciement a été engagée contre eux. Un Directeur des Ressources humaines sera chaque fois très mal vu. On lui reprochera d'un côté de ne pas avoir embauché tel ou tel candidat qui était le meilleur ; et de l'autre, on lui gardera une dent parce qu'il aura viré tel ou tel individu qui a des enfants à nourrir, des frais d'enterrement à payer, un crédit immobilier à rembourser, et que sais-je encore. Il est forcément un monstre froid, un tueur sans remords, une tronçonneuse aux dents acérées, un homme ou une femme dont la mission est d'encaisser tous les torts. C'est pour cela sans doute que son bureau doit être immense, afin que celui qui y entre pour un entretien d'embauche ou pour la notification d'une procédure de licenciement ne puisse pas se sentir à l'étroit, comme s'il avait été pris dans un piège. C'est plus aisé pour un tel directeur lorsqu'il s'agit d'annoncer une bonne nouvelle du genre : « Votre candidature a retenu notre attention, et nous allons vous faire une offre d'embauche. » Mais c'est douloureux quand il doit prononcer des propos plus graves : « Comme indiqué au cours de notre entretien préalable du 12 mars dernier, nous avons décidé de procéder à votre licenciement. »

Oui, tu auras compris que c'est ce travail que j'ai fait pendant plus de vingt ans, et je l'exerçais encore à Paris jusqu'à cette année où, à la veille des fêtes de Noël, j'ai décidé d'abandonner mon statut en France pour accepter l'offre de la Compagnie Nationale d'Électricité du Congo, ici à Pointe-Noire. J'étais loin de penser que ma vie aller prendre un autre sens…

– Liwa, tu m'écoutes, hein ?

Tu acquiesces de la tête. Il lève la sienne vers le ciel, comme si son histoire était gravée quelque part dans les nuages et qu'il devait en vérifier l'authenticité avant de la poursuivre :

– J'entendais de la bouche de certains de mes compatriotes que j'étais l'un des rares Africains qui embauchaient ou licenciaient les Blancs sur leur propre continent ! Ce ne serait pas par modestie que je dirais que c'était ridicule de leur part de réduire ma profession à une question de victoire de la couleur d'une peau sur une autre. Dans mon métier, je me fichais que les gens soient noirs, blancs, jaunes ou arc-en-ciel. J'avais fait des études de droit du travail dans le but d'être le plus compétent possible dans tout ce que je ferais, sans tenir compte du statut social des individus. J'avais eu la chance de commencer très jeune, j'étais plus jeune que toi, dès la fin de mon cycle des études supérieures à l'Université de Paris-Dauphine où j'étais sorti major de ma promotion et j'étais entré directement au département des Ressources humaines de la Lyonnaise des Eaux. Très vite, par ma capacité à m'adapter et à motiver mes collègues, je suis monté en grade comme adjoint du Directeur, puis quand celui-ci a été débauché par la concurrence, j'ai été nommé à sa place. Après deux décennies dans cette boîte, je me sentais dans une vraie famille. J'obtenais ce que je voulais, y compris ce bureau dont j'avais moi-même demandé l'agrandissement et exigé de choisir l'ensemble du mobilier. J'avais disposé une table ronde en bois au milieu de la pièce pour des réunions avec mon équipe. Les murs étaient agrémentés des toiles de peintres que j'achetais dans le monde entier au cours de mes voyages professionnels. Sur un long buffet en bois j'avais déposé des statuettes dont la plupart provenaient d'Afrique centrale. Il y avait aussi sur ce meuble des coquillages et ma collection d'insectes exotiques qui venaient de Madagascar et des Comores. Je préférais travailler soit sur le sofa, soit sur la table ronde d'où je pouvais le mieux apercevoir la Tour Eiffel et les avions qui traversaient le ciel de Paris. Et puis, c'est important que je le souligne, dans ma bibliothèque du bureau il n'y avait pas que des livres sur ma profession, on y trouvait également les grands classiques de la littérature : Charles Dickens, Mark Twain, John Steinbeck, Ernest Hemingway, Chinua Achebe, Alexandre Dumas, Camara Laye, Fernando Pessoa ou encore Fiodor Dostoïevski et Dino Buzzati. Ces illustres écrivains m'accompagnaient en silence, me regardaient bosser, recevoir du monde, discuter avec mes collaborateurs qui, eux-mêmes, étaient très impressionnés que je ne sois pas simplement attiré par les ouvrages traitant des sujets de ma profession...

Il s'assure encore que tu ne dors pas, ce qui n'est pas le cas, et il est encouragé par ton intérêt qui ne fléchit à aucun moment :

– Oui, j'aurais pu me contenter de cette réussite professionnelle extraordinaire si je n'avais reçu la visite de Rodolphe Xavier Kalala, ministre de l'Économie du Congo, ce 10 décembre. Si je me souviens toujours de cette date c'est parce que j'avais jusqu'au jour de Noël pour prendre une décision définitive. Rodolphe Xavier Kalala avait fait irruption dans mon bureau. Même s'il n'avait pas pris rendez-vous, j'avais accepté de le recevoir, lui et ses conseillers, parce que ce n'était pas tous les jours qu'un membre du gouvernement de mon pays d'origine se pointait sur mon lieu de travail. Il tournait en rond dans mon bureau, admirait mes œuvres d'art, feuilletait quelques livres de ma bibliothèque avant d'entrer dans le vif du sujet :

« Vous vous demandez, mon cher Prosper Milandou, l'objet de ma visite...

– Monsieur le Ministre, je ne me le permettrais pas, mais vous comprendrez néanmoins que je sois surpris de recevoir un tel honneur...

– Eh bien, je vais aller droit au but... »

Il a pris un moment de respiration et a poursuivi :

« Votre expérience nous sera très utile dans le développement de notre Société Nationale d'Électricité... Mieux encore, il nous faut placer les gens de notre ethnie à la tête des entreprises du pays, cela nous permettra de reconquérir un jour le pouvoir. Les nordistes, je veux dire les Mbochi, nous l'ont arraché et ont pratiquement mis de côté les cadres du Sud, j'allais dire de la région du Pool, en particulier nous autres les Kongo. Est-ce normal qu'un Kongo comme vous, avec votre intelligence, vous ne soyez pas associé à la reconquête de notre dignité ?.... »

Avant de prendre congé, le ministre m'a tendu sa carte de visite et dit pendant qu'il me serrait chaleureusement la main :

« Réfléchissez bien à ma proposition, cher Prosper Milandou, téléphonez-moi si vraiment vous aimez votre pays et que vous en avez assez de travailler pour une autre nation... »

J'avais téléphoné à ma mère qui était enthousiaste que je puisse revenir à Pointe-Noire. Ma sœur cadette, elle, n'était pas de cet avis :

« Qu'est-ce que tu viendras chercher au Congo alors qu'en France tu commandes les Blancs ? Ne reviens pas ici s'il te plaît ! Les nordistes ont déjà tué notre papa, et maintenant ils voudraient te mêler dans leurs histoires politiques ? Je ne veux pas de ça, grand frère, reste chez les Blancs ! Tu ne sais pas que ce ministre Rodolphe Xavier Kalala est un sudiste vendu qui traite avec les nordistes pour éliminer nos cadres qui pourraient diriger le pays ? »

Ma sœur Georgette n'avait pas tort. Nous étions encore de petits enfants à la mort de notre père Zacharie Milandou. Nous vivions entre la France et le Congo, papa était un avocat au Barreau de Paris. Le gouvernement l'avait sollicité pour occuper les fonctions de ministre de la Justice au pays. Mais il savait que c'était une stratégie destinée à semer la division entre lui et ses camarades de promotion, Maître Jacques Mbemba, Maître Bouzoba Yayi et Maître Makayabou Yakoubola, avec qui ils avaient créé le Comité Congolais des Droits de l'Homme afin de dénoncer, depuis la France, les crimes politiques qui étaient perpétrés par le régime en place. Ils étaient soutenus par des avocats qui avaient pignon sur rue en France, en tête desquels le brillant ténor du barreau Jacques Vergès.

Papa avait décliné cette offre d'un portefeuille de garde des Sceaux. Deux semaines plus tard, c'est un des membres de leur Comité Congolais des Droits de l'Homme qui l'avait acceptée : Maître Bouzoba Yayi, dont tous les Congolais pensent jusqu'à ce jour que c'est lui qui a empoisonné notre père dans un restaurant congolais du quartier de Château-Rouge, dans le XVIIIe arrondissement de Paris... Notre père est ainsi mort sans que nous en sachions clairement les raisons, le gouvernement voulait rapatrier à la hâte son corps pour, semble-t-il, lui rendre un hommage national, notre mère s'y est opposée : Papa avait toujours voulu être enterré en France, au cimetière de Pantin où il avait beaucoup d'amis de lutte. C'est d'ailleurs là qu'il gît, et chaque jour de la Toussaint, quand j'étais en France, je ne manquais pas de déposer un bouquet de fleurs, et quand je n'étais pas en Europe, j'en faisais livrer par un service spécial...

Donc, Liwa, tu vois que la situation était cornélienne pour moi. Devais-je revenir travailler au Congo ou rester en France dans ma situation confortable ? Malgré l'hostilité de Georgette, j'ai téléphoné au ministre Rodolphe Xavier Kalala car je ne dormais plus, je ne faisais plus que penser à sa proposition, et j'avais l'impression que mon père aurait été d'accord avec moi. La veille je m'étais rendu au cimetière de Pantin pour lui expliquer les choses, et j'avais cru comprendre par l'envol répété d'un oiseau dans les parages qu'il m'accordait son aval...

Après tout juste une demi-heure de conversation avec Rodolphe Xavier Kalala, je lui ai donné mon accord définitif et lui ai dit que j'allais démissionner de la Lyonnaise des Eaux et que, par conséquent, j'acceptais d'offrir mes services à la Société Nationale d'Électricité du Congo.

La Lyonnaise des Eaux essaya de me retenir, mais j'étais de plus en plus enthousiaste à l'idée d'être utile à mes compatriotes, et peut-être aussi de faire mieux que notre père : aider notre ethnie. Deux mois plus tard, j'étais enfin libre de partir, laissant tout derrière moi. Cela n'était pas très compliqué puisqu'à quarante-cinq ans j'étais resté célibataire, sans enfants, mais c'est la vie que j'avais choisie, et ce serait trop long à expliquer ici…

Tu le coupes pour la première fois :

– Vous n'avez donc pas eu d'enfants ???

Si ta question ne le surprend pas, c'est parce qu'il est plutôt satisfait, une fois de plus, de ton attention.

– Non, Liwa, nous voulions en adopter, mais on a laissé tomber, la liste d'attente était trop longue pour l'obtention de l'agrément délivré par le service d'aide sociale à l'enfance. Nous n'étions cependant pas dupes, le profil de notre couple ne correspondait pas à celui qu'attendait ce service...

– Parce que vous étiez noirs ?

– Non, pas du tout, notre couple était ce qu'on appelle un couple mixte…

– Mais si votre femme était blanche, pourquoi ils vous ont recalés ?

– Non, mon petit amour était un homme…

– … ?

– Oui, tu as bien entendu…

– Donc vous êtes…

– Je suis homo, c'est ce que tu veux dire comme les autres ?

– Ah non, mais quand je vous vois, je ne peux pas dire que…

Il éclate de rire.

– Mon amoureux était un bel homme, brillant et généreux que j'avais rencontré pendant mes vacances à Noirmoutier et qui avait accepté au départ de me rejoindre à Pointe-Noire, puis il a changé d'avis une fois que je m'étais installé au Congo : il s'est mis en couple avec un de nos meilleurs amis, un type que j'avais d'ailleurs embauché à la Lyonnaise des Eaux. C'est aussi ça la vie…

– Vous avez l'air de toujours en souffrir…

– Liwa, tu vas finir par me tutoyer ou pas ?

– J'ai beaucoup de mal…

– On a tout le temps ici, tu t'y feras… Bref, où en étais-je ? Ah oui, je suis donc arrivé au Congo juste une semaine avant une très mauvaise nouvelle que j'allais apprendre à la Radio Nationale Congolaise : le ministre Rodolphe Xavier Kalala avait trouvé la mort à la suite d'un accident vasculaire cérébral. Le ministère était resté vacant durant plus d'un mois pendant que je me trouvais sur le territoire, sans travail. Je résidais à l'hôtel *Méridien* de Brazzaville en attendant que le décret ministériel de ma nouvelle fonction soit signé par le nouveau ministre, Joachim Okabando. Un nordiste de soixante-dix ans appartenant à l'ethnie du président de la République dont il était l'homme de paille dans plusieurs affaires. En gros, la rumeur rapportait que c'était Joachim Okabando qui exécutait les sales besognes pour pérenniser le pouvoir en place. On lui avait attribué plusieurs assassinats politiques, il s'en était souvent tiré grâce aux multiples interventions du président, et on le retrouvait plus tard dans telle ou telle administration ou à la tête d'une des grandes entreprises nationales. L'allure hautaine de Joachim Okabando m'agaçait, les rares fois où je l'avais eu au téléphone. Il me parlait comme si je le dérangeais, me fixait des rendez-vous qu'il annulait au dernier moment. Pendant ce temps je payais de ma poche les notes de mon hôtel, y compris les frais de multiples voyages de ma mère et de ma sœur qui arrivaient de Pointe-Noire pour me voir. Lorsque le décret de ma prise de fonction a été enfin signé, sans que je sois reçu par ce nouveau ministre alors que je me trouvais à Brazzaville et que son ministère se situait à moins de cinq cents mètres de mon hôtel, j'ai pris l'avion un dimanche après-midi pour atterrir à Pointe-Noire une heure après. Un logement de fonction, très modeste, m'attendait au centre-ville. La maison était située au troisième étage, avec une vue sur la morgue de l'hôpital Adolphe-Cissé d'où j'assistais bien malgré moi à la sortie des familles en larmes et des cadavres portés sur des civières comme des animaux. Il me restait maintenant à visiter mon lieu de travail, à rencontrer ceux qui allaient être mes collaborateurs, et surtout à m'installer dans le bureau qui m'avait été affecté en tant que nouveau DRH de la Société Nationale d'Électricité du Congo…

Il savoure un instant l'effet que son récit continue à produire sur moi et poursuit :

– Lorsque j'ai découvert les bureaux des cadres de cette société congolaise, j'ai failli tomber dans les pommes. Le défunt ministre Rodolphe Xavier Kalala m'avait pourtant promis depuis Paris que je serais tellement content de mon bureau que je resterais plus longtemps au travail que dans mon logement de fonction. Au départ, en balayant du regard cet endroit que tout le monde appelait avec fierté « *open space* », je m'étais dit qu'il était plutôt destiné à toute mon équipe et que mon propre bureau se trouvait peut-être ailleurs. Mais le responsable de la logistique m'avait appris que j'allais moi aussi travailler là, au milieu des autres salariés, parce que ce nouveau ministre Joachim Okabando souhaitait réduire les inégalités entre les cadres et les autres salariés des entreprises d'État. Joachim Okabando, qui avait fait un petit stage aux États-Unis, voulait que comme dans certains bureaux, les gens se parlent sans protocole, qu'ils travaillent ensemble, sans les cloisons ou les murs qui séparent les uns des autres. C'était une nouvelle manière de fonctionner qui semble-t-il avait de plus en plus de succès dans les entreprises publiques congolaises.

Pour moi qui n'avais eu jusqu'alors que l'expérience d'un espace privé, je considérais que ce lieu de travail n'était qu'un grand hangar, ou alors un dépôt où les gens allaient et venaient, parlaient fort, éclataient de rire à chaque instant sans se concentrer sur leur activité. Des tables étaient collées les unes aux autres, des dossiers étaient empilés çà et là, dans un désordre, près de vieux ordinateurs sur lesquels chacun avait collé un post-it avec son nom dessus. Mais comment mes prétendus collaborateurs allaient travailler naturellement s'ils se rendaient compte que j'avais en permanence un œil posé sur eux ?

Comme ces bureaux étaient neufs, j'ai appris après trois mois de travail qu'autrefois les locaux de la Société Nationale d'Électricité se trouvaient dans une grande tour près de l'hôtel *Victory Palace*. Joachim Okabando y avait installé les sièges de ses entreprises privées dont les responsables avaient chacun son propre bureau, et personne ne travaillait dans un *open space*…

Un matin, je me suis réveillé très en colère. J'ai réuni l'équipe et j'ai proposé qu'on écrive une lettre au ministre Joachim Okabando pour qu'on nous rende les locaux de la tour près de l'hôtel *Victory Palace* et que les membres du cabinet ministériel viennent, eux, s'installer dans l'*open space* où nous étions.

À haute voix, j'ai dit :

« C'est une décision démocratique. Que ceux qui sont d'accord pour adresser cette pétition au ministre lèvent leur main droite… »

Il y a eu un silence. J'ai reposé la question une fois de plus, mais aucune main ne s'est levée, et tout le monde a baissé le visage. Au moment où je croyais que tout le monde était contre ma décision, j'ai vu une main se lever au fond de la salle. C'était la main d'une jeune femme que je venais de reconnaître. Petite de taille, les cheveux tressés et tirés à l'arrière, elle portait un uniforme rose. C'était Pauline Moukila-Massengo, la femme qui s'occupait de l'entretien de notre lieu de travail et de tout l'immeuble. Je l'ai regardée quelques secondes et lui ai dit :

« Madame Moukila-Massengo, j'admire votre courage tout autant que je suis dépité par la lâcheté de mes collaborateurs. Mais je suis désolé, je n'écrirai plus cette lettre, et nous continuerons à travailler dans les conditions actuelles puisque tout le monde semble le souhaiter… »

Les jours qui ont suivi, je me suis bien renseigné sur cette Pauline Moukila-Massengo. J'ai compulsé son dossier dans le fichier du personnel. J'ai constaté qu'elle avait obtenu son baccalauréat en Gestion commerciale et qu'elle élevait seule ses deux enfants de quatre et six ans. Le père de ceux-ci était condamné pour abandon de domicile et n'avait pas payé de pension alimentaire depuis des années. Une décision de justice le condamnait par ailleurs pour violences conjugales répétées et lui interdisait d'approcher le domicile de Pauline Moukila-Massengo.

J'étais très attristé par son histoire, et toute la nuit j'ai cherché les moyens de la remettre sur pied, de redonner un sens à son existence. Elle ne pouvait pas passer sa vie à faire le ménage à la SNE, je me sentirais mal à l'aise. Je l'ai alors convoquée dans mon bureau, et ce jour-là elle a eu la surprise de sa vie :

« Madame Moukila-Massengo, j'ai décidé de vous envoyer à Paris pendant six mois à la Lyonnaise des Eaux pour vous former en gestion du personnel. Tout sera pris en charge par notre compagnie, y compris la garde de vos enfants sur place, en France. J'ai besoin de vous, et à votre retour vous deviendrez mon adjointe. »

Tandis qu'elle quittait mon bureau, les larmes aux yeux, je me suis dit que je venais sans doute de concrétiser l'embauche la plus importe de toute ma carrière. C'était du moins ce que je croyais. J'étais loin de m'imaginer que les choses allaient se passer autrement et que cette décision allait profondément affecter ma propre destinée…

Prosper Milandou fouille à nouveau dans son sac en plastique et sort un autre fruit :

– Te raconter tout ça m'a vraiment creusé l'estomac… Tu es sûr que tu ne veux pas une mandarine ?

– Non, merci, je n'ai toujours pas faim…

– Une banane alors ?

– Non, merci.

Il épluche la banane et répète les paroles que tu as déjà entendues :

– C'est pitoyable de tomber sur des gens qui meurent et qui ne savent pas ce qu'il faut faire après.

Il creuse la terre, enfouit la peau de banane, la recouvre et reprend sa narration :

– Cinq mois après le départ de Pauline Moukila-Massengo pour la France, un monsieur s'est présenté devant l'entrée de la SNE. La soixantaine, les lèvres rougies, vraisemblablement par l'alcool. Il a demandé à me rencontrer pour me remettre quelque chose. Il portait un gros sac en bandoulière, et on l'a laissé passer en lui indiquant l'endroit où je me trouvais au milieu de l'*open space*. L'homme avançait d'un pas droit et, arrivé à moins de deux mètres de moi, il a ôté le sac de son dos, l'a posé par terre avant de l'ouvrir. J'ai entendu les hurlements de mes collaborateurs qui se ruaient vers la porte et les issues de secours tels des rats surpris par un incendie de brousse. L'homme braquait un vieux fusil de chasse dans ma direction et beuglait :

« Ma femme était ta maîtresse ! Pauline était ta maîtresse ! Tu ne voulais plus être pédé, hein ? Tu crois que je n'étais pas au courant ? C'est pour cacher les choses que tu l'as envoyée en France !!! »

Je n'ai pas entendu la détonation. Il paraît que si on l'entend, c'est qu'on n'est pas mort. J'ai posé ma main sur la poitrine d'où je sentais couler un liquide chaud. J'étais atteint en plein cœur. Puis, ce fut la nuit noire, jusqu'au jour où j'ai vécu ce que toi aussi tu as dû vivre le lendemain de ton enterrement, c'est-à-dire aujourd'hui aux premières heures du jour. Oui, j'ai ressenti une secousse qui avait écartelé la terre alentour pendant que j'étais comme aspiré par un cyclone avant de me retrouver sur un monticule de terre dominé par une croix, à savoir, au-dessus de cette tombe dont tu as essayé de corriger les fautes d'orthographe de l'épitaphe commises par ma sœur, sans doute sous l'empire de la peine de m'avoir perdu. J'aurais pu corriger ça, mais pourquoi aurais-je détruit un souvenir pareil ? En tout cas j'étais heureux de respirer, c'était pour moi une grande victoire, dans la mesure où j'entrais dans une autre vie. Bien entendu, la tentation me brûlait de repartir chez les vivants, d'aller m'attaquer à cet homme qui m'avait abattu en plein jour au milieu de mes collaborateurs. Je me suis retenu, les gens d'ici me l'ont déconseillé. Ils m'ont raconté que cela s'était toujours mal passé pour ceux qui souhaitaient se rendre chez les vivants afin de se venger. Ils n'avaient aucun souvenir d'un résident du Frère-Lachaise qui aurait réussi ce genre d'exploit, et les rares qui y étaient allés et étaient revenus dans leur tombe, c'était pour faire du bien, alléger la peine de ceux qui souffraient sans relâche de la disparition de leur proche. Mais combien sont-ils à vouloir s'aventurer chez les vivants pour cette bonne cause ? Moi j'avais pourtant toutes les raisons de me liguer contre le ministre Joachim Okabando et même contre mon remplaçant qui était en fait son cousin. Pire, il se murmurait dans tout Pointe-Noire que c'était Joachim Okabando qui avait commandité mon assassinat pour placer son cousin. Mon tueur était en effet le père des enfants de Pauline Massengo-Moukila, un vagabond de la Côte sauvage à qui on avait remis une liasse de billets après l'avoir encouragé en lui expliquant que je sortais avec la mère de ses enfants et que j'allais changer les noms de ceux-ci, qui s'appelleraient désormais Milandou... Bref, je m'en foutais, je ne voulais plus me mêler à tout ça. Avec le temps, je gagnais la confiance des gens d'ici et, au bout d'une vingtaine d'années, j'ai été nommé chef de secteur à l'unanimité au cours d'une réunion. Parce que je ne causais du tort à personne. Parce que je connaissais l'histoire de tous les défunts de cette nécropole, qu'ils m'aient précédé à l'époque du Cimetière des Pauvres ou qu'ils soient venus après moi quand on avait commencé à appeler ces lieux « le Frère-Lachaise ». J'étais et je suis resté l'historien incontournable de cette nécropole. On me consultait et on me consulte pour savoir ceci ou cela sur celui-ci ou celui-là, sachant que je connais la vie de ces trépassés dans les moindres détails. J'étais devenu un véritable ordinateur, on appuyait sur un bouton, et je déroulais tout : mort tel jour, tel mois, telle année, à telle heure et dans telles circonstances. Me nommer chef de secteur était d'ailleurs une rigolade : il n'y a pas d'autre secteur que celui-ci. C'était au fond comme si j'étais resté un directeur de ressources humaines, à la seule exception que ce n'est pas moi qui choisis les défunts, donc je n'ai pas non plus la faculté de les virer s'ils ont commis une faute lourde. Je me contente de recevoir les bleus comme toi, de les aider à ne plus voir les choses à l'envers, et surtout de les dissuader d'user de leur seconde vie à mauvais escient, et donc de commettre l'irréparable en ne pensant qu'à la vengeance...

Prosper Milandou semble essoufflé. Il s'approche de toi, s'adosse à son tour contre l'arbre. Vous êtes assis dos à dos, séparés seulement par le tronc du manguier.

– Il faut que tu saches qu'il y a quand même un chef au-dessus de moi, et il s'appelle Mamba Noir...

Tu te retournes pour chercher son regard :

– Il est où ? Je voudrais lui parler d'urgence et lui expliquer que...

– Tu commettrais une bêtise, mon intuition me dit que tu as envie de descendre chez les vivants. Je viens pourtant de t'en dissuader en te parlant de mon expérience...

Comme Prosper Milandou donne le dos à l'entrée du cimetière, il ne remarque pas la scène qui retient à présent ton attention : une vieille dame pénètre dans la nécropole. Elle se déplace par à-coups, le pas hésitant.

Sans bouger, Prosper Milandou dit d'une voix pleine d'assurance :

– C'est une dame âgée… Elle s'oriente vers nous, n'est-ce pas ?

La femme porte deux gros bouquets de fleurs entre les mains. Un foulard blanc recouvre sa tête.

Prosper Milandou se retourne enfin et te confie :

– Elle s'appelle Mâ Mapassa, retiens bien son nom, c'est un personnage important du Frère-Lachaise…

Mâ Mapassa

Très sèche, de taille moyenne, Mâ Mapassa semble porter le poids du monde des vivants sur son dos arqué.

– Mâ Mapassa est une femme courageuse, elle ne se remettra cependant pas de la mort de ses jumeaux, une fillette et un garçon sauvagement assassinés par leur oncle. Ce meurtrier s'appelait Jérémie Ndoki, il était le chef du quartier Mbota, ce secteur de Pointe-Noire que tu dois connaître, habité par les Bembés, et où les gens croient plus aux fétiches qu'aux lois de ce pays. Toi qui es bembé, je suppose que tu as déjà été là-bas ?

Sans attendre ta réponse, Prosper Milandou enchaîne :

– C'est la pagaille à Mbota, les sorciers font leur trafic d'âmes en plein jour dans les petits marchés. On croit acheter de la vraie viande de bœuf ou de mouton, et on repart chez soi avec de la chair humaine ! C'est fou ! Autrefois ces sorciers avaient au moins la décence de se donner rendez-vous entre eux, dans leur monde, au milieu de la nuit, et ils troquaient les âmes de leurs proches contre celles des familles d'autres sorciers venus de loin grâce aux avions, mais pas comme les avions que nous voyons passer dans le ciel, les leurs sont pourvus d'ailes de chauve-souris géantes et se déplacent plus vite. Ceux qui ne sont pas initiés comme ces sorciers ne peuvent pas les voir. Mbota était devenu le repaire de ces malfaiteurs de l'arrière-pays, et c'est là-bas qu'il y a un aéroport pour ce genre d'avions. Quand j'entends ce nom de Mbota, c'est comme si je tombais sur ce salaud de Jérémie Ndoki en train d'empoisonner sa nièce et son neveu juste pour avoir deux postes d'un seul coup : maire de la ville de Pointe-Noire et président de la région du Kouilou ! Comme ça, il était certain non seulement de gérer le pétrole local, mais de s'en mettre plein les poches grâce aux dessous-de-table avec les marchés publics...

– Je n'étais pas au courant de ce crime et...

– Tu devais encore porter des couches-culottes à cette époque ! Quand les bleus me demandent les circonstances de ces crimes, je commence par leur dire que ce double drame s'était passé deux mois avant les élections municipales et régionales. Jérémie Ndoki était allé prendre sa nièce et son neveu chez sa sœur Mama Mapassa pour, soi-disant, leur offrir des cadeaux de Noël. Il les avait emmenés au centre-ville dans les magasins les plus chers, si tu y vois un Noir comme toi et moi faire ses courses, c'est que c'est un médecin, un avocat, un directeur de banque ou un ministre. Après avoir acheté une grosse peluche rose à la nièce et une bicyclette bleue au neveu, les trois se sont attablés au restaurant *Chez Gaspard* à deux pas du Grand-Marché. C'est là-bas que l'empoisonnement a eu lieu avec la complicité d'un cuisinier à qui Jérémie Ndoki avait remis une grosse somme d'argent. Vers la fin de l'après-midi de ce mois de décembre qui s'achevait, l'oncle a raccompagné les gamins chez leur mère. Il leur a laissé un peu d'argent de poche et les a longuement embrassés. Le poison n'a commencé à agir que bien tard, au milieu de la nuit, lorsque les chiens voient les fantômes et les repoussent par des aboiements désespérés jusqu'aux premières lueurs de l'aube. Ce genre de poison, on ne le trouve que dans les coins les plus reculés de la Bouenza comme Tsiaki, Kinkouambala, Dzanza, Tsomono ou encore Moussanda, le village natal de Mâ Mapassa et de ce Julien Ndoki. Ce poison te mange à petit feu, et le virus circule dans ton corps pendant plus de dix heures avant de te foudroyer d'un seul coup. Une fois mortes, les victimes deviennent vertes avec une langue bleue et des yeux exorbités comme si elles avaient croisé une créature effroyable. Au lieu de pourrir, elles sèchent, on dirait des poissons salés qu'on vend au marché de Tié-Tié. C'est te dire que la nuit entière les petits jumeaux avaient mal au ventre, vomissaient, hurlaient, se plaignaient d'être attaqués par des ombres gigantesques. Au départ Mâ Mapassa avait cru que c'étaient des caprices attribués d'ordinaire à la gémellité. La fille et le garçon avaient en effet l'habitude de simuler la souffrance, d'inquiéter leur mère pour une histoire de fièvre, de mal de tête ou d'un petit bobo de rien du tout. Quand la fille était malade, le garçon l'était plus qu'elle. Et, dans une certaine mesure, c'était le même être et le même esprit qui habitaient dans les deux corps. Il paraît que chacun d'eux n'avait qu'un seul poumon, et que les deux respiraient à tour de rôle, l'un expirant, l'autre inspirant, et vice versa. Or cette fois ce n'était plus un simulacre. Depuis que Mâ Mapassa les avait mis au monde, elle n'avait jamais vu ses rejetons prendre cette couleur verdâtre et se transformer heure après heure en véritables momies. Ils furent conduits d'urgence à l'hôpital Adolphe-Cissé. Les jumeaux résistaient encore, se serraient la main afin d'être solidaires jusqu'au bout. Ils avaient déjà perdu la voix, leurs yeux s'étaient retournés, leur corps grelottait de froid alors que nous étions dans une période où la canicule sévissait dans tout le sud du pays. De l'avis général, les deux mômes luttaient avec bravoure et pouvaient retourner les choses. La fille retrouva la voix et communiqua au garçon cette précaire rémission. Mais à six heures du matin, dès que leur oncle fit son apparition devant le seuil de leur chambre d'hôpital avec d'autres cadeaux – un camion de pompier en plastique et une poupée Barbie noire – les deux enfants hurlèrent en chœur en le désignant :

« C'est lui ! Le diable qui est venu hier à la maison avait son visage ! »

De verts, ils étaient devenus bleu foncé et presque congelés. Ils reperdirent leur voix au moment où on entendit au loin un coq chanter trois fois pendant que le ciel s'obscurcissait et qu'une petite pluie commençait à tomber. Les yeux des jumeaux se fermèrent à jamais…

Mâ Mapassa s'immobilise pendant quelques secondes puis continue sa marche, les yeux posés sur ses pieds, toujours sans un regard derrière ou devant elle.

– Quand elle s'arrête, te dit Prosper Milandou, c'est pour ne pas marcher sur une fourmi ou n'importe quel autre insecte. Elle respecte la vie, y compris celle des petites bêtes que les gens écrasent, intentionnellement ou par inattention…

Elle progresse vers une tombe, tout au bout, près du mur.

Prosper Milandou chasse une mouche qui vient de se poser sur son menton et embraye :

– Après la mort des jumeaux, la ville de Pointe-Noire fut au courant que leur oncle avait consulté un de ces sorciers de Mbota pour avoir le pouvoir et que ce sorcier lui avait dévoilé que ce qu'il recherchait était entre les mains des deux enfants. Cela nécessitait du sang, beaucoup de sang, donc un double sacrifice et une somme colossale que l'oncle devait payer rubis sur ongle. Le sorcier lui expliqua que le sacrifice de la jumelle lui donnerait la direction de la ville, celui du jumeau l'installerait à la tête de la région du Kouilou et que c'était ainsi que procédaient la plupart des hommes politiques et des chefs coutumiers du pays. Il lui conseilla toutefois de calmer sa gourmandise, de ne sacrifier donc qu'un seul enfant, de choisir entre la Mairie et la Région. Le sorcier était prêt à n'accepter qu'une moitié de la somme, mais Julien Ndoki n'eut aucune ombre d'hésitation et répondit qu'il ne se voyait pas sans ces deux responsabilités à la fois. Le sorcier se lava les mains dans une cuvette d'eau tiède devant Julien Ndoki. C'est ainsi qu'on déclinait toute responsabilité pour les éventuelles conséquences. C'était désormais à l'oncle de décider en son âme et conscience s'il devait passer à l'acte ou renoncer à son appétit de pouvoir. Évidemment il opta pour aller de l'avant, et le sorcier empocha le million de francs CFA avant de lui préparer le poison qu'il surnommait lui-même « zéro faute » au regard de son efficacité…

Il est interrompu par la même mouche qui l'embêtait il y a quelques minutes. Il s'immobilise tel un félin, attrape l'insecte sur son épaule et la fourre dans sa bouche.

– Elle l'a mérité, cette mouche !….

Il ne te laisse même pas le temps de contenir ton écœurement :

– Où en étais-je ? Oui, Julien Ndoki avait fini par empoisonner sa nièce et son neveu et, à la mort des jumeaux, Pointe-Noire devint le lieu le plus maudit de ce pays. Dans n'importe quelle ville, dans n'importe quel village où se rendait un Ponténégrin, on lui lançait : « Ah, tu es de Pointe-Noire, là où on tue les jumeaux pour le pouvoir ! » Et on traitait le Ponténégrin de tous les noms d'oiseaux, quand on ne le chassait pas des environs à coups de bâtons ou à jets de pierres. Julien Ndoki avait ainsi jeté l'opprobre sur les habitants de Pointe-Noire. Ceux-ci, dans le but de redorer leur image, offrirent aux deux enfants une cérémonie d'adieu sans précédent. C'étaient, à ma connaissance, les plus longues funérailles de cette ville, dont même l'honorable politicien Jean Félix-Tchicaya n'avait pas bénéficié à sa mort en 1961 ! Ça a duré dix jours et dix nuits. Il y avait tellement de monde qu'on racontait que les esprits étaient sortis des forêts des quatre coins du pays pour rendre hommage à ces petits anges et leur ouvrir la voie du Ciel où ils iraient s'installer à la droite du Seigneur ! Les femmes, les hommes, les enfants faisaient la queue depuis les quartiers les plus isolés de la ville jusque devant la parcelle de Mâ Mapassa, au quartier Rex, afin de voir pour une dernière fois les deux petits. L'enterrement débuta très tôt le matin et prit fin très tard dans la nuit. Les bars et autres lieux d'ambiance étaient fermés pour l'occasion sans que le gouvernement donne le mot d'ordre. Pas de musique, pas de bruit de klaxons, pas de parties de jambes en l'air ou tout ce qui pouvait empêcher les gamins d'entreprendre leur ascension vers le Ciel. Au lieu d'une minute, la population observa un jour entier de silence. L'affaire avait dépassé les frontières de la ville, voire du pays : les radios du Cameroun, de l'autre Congo, du Gabon, de l'Angola et de la Centrafrique en parlaient comme si ces jumeaux étaient nés dans leur pays. Et la foule se rendait au cimetière, habillée tout en blanc avec des T-shirts sur lesquels on avait gravé la photo des jumeaux qui souriaient. L'oncle Jérémie Ndoki, lui, n'avait pas retiré ses candidatures. Pendant les funérailles, on entendait encore sa voix de chèvre à la Radio Nationale. Il versait des larmes de crocodile, appelait la population à aller voter massivement pour lui en mémoire de sa nièce et de son neveu qu'il prétendait aimer plus que tout. Il expliquait maintenant qu'il se présentait à ces élections dans le but de venger tous les jumeaux de la terre victimes de l'injustice et des erreurs médicales – car, pour lui, sa nièce et son neveu étaient morts à cause de l'incompétence du personnel de l'hôpital Adolphe-Cissé. Là, je peux te dire qu'il avait dépassé les bornes. Les Ponténégrins, remontés par ces propos cyniques, allèrent immédiatement casser sa villa près de la Côte sauvage et brûler ses deux voitures de marque qu'il était le seul à posséder à Pointe-Noire : une Mercedes 280 et une Jaguar Mark 2. Ils rattrapèrent Julien Ndoki au moment où il essayait d'emprunter un taxi pour se rendre à la frontière et gagner l'Angola avant de disparaître sans doute en Europe où il planquait une bonne partie de son argent. Il était déjà bien installé dans le véhicule lorsque le chauffeur de taxi opéra un demi-tour et le ramena vers la foule en ébullition. La police lui sauva la peau juste à temps : on l'avait déjà dénudé, puis ligoté, et on le traînait vers la Côte sauvage pour le jeter vivant dans l'océan Atlantique. La meute surexcitée était parvenue près de la plage. Malheureusement dix camions de police se trouvaient déjà sur les lieux. Julien Ndoki avait le bras long et s'était tiré de la situation. Qu'est-ce qu'il allait devenir par la suite, ce type, hein ? Il n'allait tout de même pas sillonner les rues de la ville ! Il bénéficiait certes d'une protection de la police, mais il allait devoir corrompre ces fonctionnaires afin que leur assistance perdure jusqu'à ce que ce double crime disparaisse de la mémoire commune. Année après année, l'appétit des policiers devenait sans limites, ils étaient conscients que le politicien n'avait pas le choix. Il n'avait plus de rentrées d'argent depuis qu'il avait été démis de ses fonctions de chef du quartier Mbota où, grâce à des magouilles dans les ventes de terrains, il était devenu un des hommes les plus riches de Pointe-Noire. Sa femme et leurs trois enfants avaient réussi à prendre la micheline pour arriver à Brazzaville, d'où ils avaient traversé le fleuve Congo et s'étaient exilés dans l'autre Congo. Au bout de trois ans, Julien Ndoki avait distribué aux policiers tous ses biens. Les signes de la déchéance se firent sentir vraiment quand il leur donna ses chemises, ses pantalons ou ses montres et que ses gardiens l'abandonnèrent à son sort. Il aurait voulu un procès pour s'assurer au moins un emprisonnement, donc une certaine sécurité. Personne ne lui accordait ce qui serait perçu comme une faveur. Julien Ndoki n'était plus qu'une ombre : pas de domicile, pas de voitures, pas de travail, pas de famille. Les Ponténégrins qui le croisaient ne le reconnaissaient même plus. Pieds nus avec des haillons qui couvraient à peine ses parties intimes, la touffe de cheveux ébouriffée, la barbe foisonnante, il faisait la manche au centre-ville devant les magasins Score et Printania où quelques Européens lui jetaient des pièces de monnaie. Dès qu'une voiture s'arrêtait, il s'empressait d'aller nettoyer le pare-brise dans l'espoir d'être rémunéré. Quatre années après la mort des jumeaux, il rejoignit le groupe des déments qui erraient nus le long de la Côte sauvage. Il apprit leur langue et leurs mœurs. Il dormait sur la grève avec eux, se nourrissait de poissons que lui fournissaient par commisération les pêcheurs béninois dont le village était situé dans les parages. Plus personne n'entendit parler de lui jusqu'au jour où l'on découvrit un corps nu et inanimé près du wharf. C'était le cadavre de Julien Ndoki. Était-ce une mort naturelle ? La question n'a jamais eu de réponse jusqu'à ce jour. Beaucoup soutiennent qu'il s'était donné la mort pour abréger son long calvaire, sa lente descente en Enfer. D'autres pensent plutôt que les jumeaux étaient sortis de leur tombe pour se venger eux-mêmes, car il leur manquait le souffle de cet oncle pour mériter le repos éternel. Je penche pour cette dernière explication, sinon comment justifier que le cadavre de Julien Ndoki avait des marques de strangulation ?

Mieux encore, ces empreintes détectées autour de son cou étaient étranges : elles provenaient de toute évidence des mains de deux enfants...

Le voilà qui toussote, se caresse la barbe et brise le bref silence qu'il venait de s'imposer à lui-même, sans doute pour reprendre son souffle, ou alors bien rassembler ses souvenirs :

– Puisque le criminel Jérémie Ndoki était riche, les gens pariaient qu'il allait naturellement être enterré là-bas, au Cimetière des Riches. Mais dans cette nécropole, les défunts organisèrent une grève musclée qui est restée dans la mémoire des Ponténégrins. Sortis de leur tombe, ces esprits étaient très révoltés, présents dans les marchés, dans les bars, dans les restaurants, dans les discothèques, aux arrêts de bus, à l'entrée du port maritime, dans les hôpitaux, devant les hôtels *Victory Palace* et *Atlantic Palace*, devant les salles des cinémas *Rex*, *Roy* et *Duo*, et même chez les prostituées du quartier Trois-Cents. Oui, ces morts pouvaient se fondre dans la masse, passer pour des êtres ordinaires et, afin de mieux se faire comprendre, ils griffonnaient sur la plupart des façades des lieux publics qu'ils ne voulaient pas de cet assassin au Cimetière des Riches et qu'ils détruiraient la ville par le feu si on leur imposait sa présence. Pointe-Noire a alors connu une des pluies les plus longues de son histoire. Le volcan de Diosso, en sommeil depuis des siècles, s'était réveillé et, le soir, le ciel semblait être habité par des feux d'artifice pendant que l'océan Atlantique couvait des vagues aussi hautes que des gratte-ciels américains. Les églises pentecôtistes et les différentes sectes sautèrent sur l'occasion et annoncèrent que la fin des temps était proche. Elles virent le nombre de leurs ouailles croître par milliers chaque jour. Puisque le Cimetière des Riches s'opposait à l'arrivée de Julien Ndoki, quelques personnes proposèrent de l'enterrer ici, où il n'y aurait en principe pas de problème. Tu parles ! Ici aussi, nous avons fait une grève générale organisée après que j'eus été contacté par les caciques du Cimetière des Riches. Nous ne souhaitions pas être en froid avec eux car quelques-uns d'entre nous sont chaque année invités dans leur cimetière lors des fêtes de l'Indépendance, le 15 août, ou celle des Morts, le 2 novembre, et même lors des anniversaires de certains défunts illustres de cette nécropole de nantis. J'ai fait une réunion des anciens de ce cimetière, et nos consignes étaient claires : « Il ne faut pas que ce salaud de Julien Ndoki entre chez nous, nous ne sommes pas un dépotoir ! » Tous les anciens ont répondu : « Il ne rentrera pas ici, et si possible nous allons le faire savoir au monde entier ! » Ils étaient si en colère qu'une pluie torrentielle s'abattit sur la ville, suivie d'une canicule qui faisait fondre le goudron des artères et les tôles des habitations. La situation empirant de jour en jour, Son Excellence Théophile-Florent Tsiba de Montaigne, le charismatique député et chef des conseillers du président

Papa Mokonzi Ayé alias Zarathoustra sensibilisa de sa plus belle plume le premier homme de la Nation. Le document avait fuité, et beaucoup de Congolais avaient une photocopie entre les mains, mais je peux te citer de mémoire les propos de Son Excellence Théophile-Florent Tsiba de Montaigne :

« Monsieur le Président,

Depuis quelques jours je vous rédige des notes très précises afin de vous tenir au courant de cette grève des morts qui agite Pointe-Noire, et maintenant le pays entier. Elle est ridicule aux premiers abords, et c'est pour cela qu'elle est dangereuse et risque de dépasser en ampleur la contestation que les Français ont connue en mai 1968 quand votre illustre et distingué homologue le général de Gaulle a quitté la France pendant vingt-quatre heures pour se rendre discrètement à Baden-Baden demander conseil à son ami de combat le général Massu parce que la France brûlait ! En plus, votre illustre et distingué homologue en était réduit, l'année suivante, à subir l'humiliation d'un référendum qu'il avait demandé lui-même en mettant en jeu son mandat. Si on votait "Non", votre illustre et distingué homologue promettait de démissionner. Eh bien, les Français ont voté "Non", et le général est allé se cloîtrer dans sa bourgade de Colombey-les-Deux-Églises afin d'écrire la suite de ses "Mémoires de guerre", votre livre de chevet, et mourir l'année suivante d'un malaise !

Monsieur le Président, il n'y a jamais eu de référendum chez nous, et vous n'avez pas tort de vous en méfier. Les Congolais ne comprennent jamais les questions simples, ils donnent toujours des réponses compliquées qui, en fait, sont des questions déguisées, et cette fois-ci ces questions tourneront toutes autour de la date de votre démission, à l'instar de votre illustre et distingué homologue français. Sans compter que dans un tel référendum, nous connaissons les réalités de ce pays, même les morts viendront voter pour gâcher les résultats et, croyez-moi, ils ne voteront pas pour vous, ils n'ont plus peur de vous, car leur monde n'est pas le nôtre ! Au regard de la tendance actuelle de l'opinion publique, si nous ne trichons pas lors d'un tel référendum avec la bénédiction de la France – elle nous sera acquise, sinon nous donnerons notre pétrole aux Américains –, nous pouvons déjà plier nos bagages et faire des demandes d'asile dans les pays voisins ou en Europe où vous aussi, dans le meilleur des cas, vous écrirez vos mémoires de guerre et mourrez d'un malaise.

Monsieur le Président, je ne pense pas que c'est ce que vous souhaitez. Pour reprendre la situation en notre faveur, je vais vous rédiger un discours historique que le monde entier vous enviera et qui s'appuiera sur la finesse du grand sage malien Amadou Hampaté Bâ : lorsque deux lézards s'affrontent sur le plafond et qu'en dessous il y a une moustiquaire près de laquelle traîne une lampe à huile allumée, il faut craindre que dans leur dégringolade les deux bestioles ne causent un incendie et un drame mortel dans la maisonnée. C'est cette petite querelle de lézards qu'il nous faut coûte que coûte arbitrer, Monsieur le Président. Nous ignorons qui sont réellement ces grévistes tapis dans l'ombre, et peut-être que certains d'entre eux se sont infiltrés dans le gouvernement. Durant le Conseil des ministres vous croirez être en face de votre gouvernement, mais vous serez en fait entouré de morts grincheux qui vous emporteront avec eux dans l'autre monde. C'est pour cette raison que, Monsieur le Président, j'ai prévu de faire venir dix sorciers de votre village natal dans le dessein de bien vérifier que vos ministres actuels ne sont pas des revenants et, au besoin, il faudra exécuter par pendaison ces fantômes métamorphosés en ministres. Si on n'agit pas très vite l'opposition va tirer profit de la situation, et c'est comme ça que débute un renversement de régime politique, Monsieur le Président !

Je sais, Monsieur le Président, que ce Julien Ndoki a été un de vos amis d'enfance, que vous étiez allés à l'école primaire, au collège et au lycée avec lui et que vous l'appréciiez beaucoup puisque vous avez fermé les yeux pendant longtemps sur la plupart de ses magouilles à Pointe-Noire. Mais, Monsieur le Président, en politique l'amitié s'arrête lorsqu'il faut sauver sa portion de camembert. Vous devez donc annuler votre visite officielle chez le président camerounais Paul Biya et parler à la Nation afin de condamner l'idée de l'enterrement de Julien Ndoki au Cimetière des Riches. Il n'a pas non plus sa place chez les pauvres, au Frère-Lachaise. La formule qui plaira au peuple sera celle-ci : « Je le dis, la conscience tranquille, l'âme au repos, et en regardant le Congo droit dans les yeux : la place de Julien Ndoki n'est pas dans un cimetière, mais en Enfer ! » Ne vous en faites pas, Monsieur le Président, nous nous débrouillerons par la suite pour trouver un endroit où votre ami de jeunesse sera enterré en secret. On fera venir sa femme et ses enfants depuis l'autre Congo, et cette affaire sera définitivement réglée puisque d'une part la population vous applaudira, et de l'autre la famille de Julien Ndoki et leur ethnie vous seront à jamais reconnaissantes. Ce n'est qu'à ce prix que nous récupérerons ce soulèvement populaire et prendrons de court l'opposition, Monsieur le Président ! »

Le chef de secteur s'est interrompu, l'air très satisfait que sa mémoire ne lui ait pas joué des tours lorsqu'il récitait ces propos de Son Excellence Théophile-Florent Tsiba de Montaigne.

Il ferme les yeux quelques secondes, les rouvre et repart :

– Le président Papa Mokonzi Ayé alias Zarathoustra semblait plus que dubitatif. Il demanda à Son Excellence Théophile-Florent Tsiba de Montaigne :

« Votre histoire de cimetière et d'Enfer est-elle vraiment si crédible que ça ? Je trouve qu'il faudrait rajouter quelque chose de fort derrière. Et si, pour frapper les esprits, je terminais mon discours par un truc du genre : Ainsi parla Zarathoustra ! ? »

Son Excellence Théophile-Florent Tsiba de Montaigne, d'un ton calme, lui répondit :

« Soyez très sobre, Monsieur le Président, les gens risquent de se demander qui est ce Zarathoustra, et ça peut se retourner contre vous. En plus, c'est vous qui parlez, et c'est vous le président de la République, pas ce Zarathoustra ! »

Finalement le Chef de l'État s'exprima avant le journal radiodiffusé du soir. Il rabâcha à la lettre ce que lui avait écrit Son Excellence Théophile-Florent Tsiba de Montaigne et lâcha en guise de conclusion :

« Dans son conte *Il n'y a pas de petite querelle*, le grand sage malien Amadou Hampaté Bâ nous a mis en garde : un conflit, si minime soit-il, doit être résolu immédiatement ! En tant que père de la Nation, garant des âmes mortes, vivantes, à naître ou qui auraient dû naître, je me dois de prendre une décision historique qui sera sans voie de recours. Je le dis, la conscience tranquille, l'âme au repos et en regardant le Congo droit dans les yeux : la place de Julien Ndoki n'est pas dans un cimetière, mais en Enfer ! Ainsi parlait Zarathoustra ! »

C'est depuis ce jour que la population avait commencé à l'appeler Papa Mokonzi Ayé alias Zarathoustra. Le lendemain, au milieu de la nuit, deux voitures noires vinrent prendre le corps de Julien Ndoki à la morgue de l'hôpital Adolphe-Cissé et le transportèrent dans son village natal qui, depuis l'exode rural, ne comptait plus qu'à peine deux cent cinquante habitants, pour la plupart des vieillards. La femme et les enfants du défunt gagnèrent ce village en traversant le fleuve Congo, puis en empruntant un hélicoptère mis à leur disposition par le président Zarathoustra en personne. On raconte d'ailleurs que celui-ci fut présent lors de ces funérailles à la sauvette. Une semaine après, dix sorciers du président furent ramenés au Conseil des ministres pour détecter les ministres taxés d'être des esprits maléfiques. Ils étaient tous des sudistes, sortis de grandes écoles françaises. Ils furent pendus au petit matin et remplacés par des gens du Nord, tous de l'ethnie du président. Bien plus tard, on apprit que la tombe de Julien Ndoki avait été profanée, que le corps ne se trouvait plus à l'intérieur. Qui allait s'en soucier, hein ?

Prosper Milandou change soudain de ton et s'exprime tout bas :

– Et ça fait plus de trois décennies que cette femme que tu viens de voir, la pauvre Mâ Mapassa, ramène chaque week-end deux bouquets de fleurs à ses enfants chéris dans ce cimetière ! Je n'ai jamais vu de très près son visage. Quand elle se déplace, même s'il y avait une bombe qui éclatait derrière elle, elle ne se retournerait pas. La seule chose qui compte pour elle, c'est de ne pas marcher sur les insectes. Et ces bêtes, elle les voit mieux que quiconque ! Regarde-la bien, elle ira déposer ses bouquets de fleurs sur la tombe de ses enfants, puis elle priera pendant à peu près un quart d'heure avant de ressortir de ce lieu, le menton toujours collé à la poitrine…

Mâ Mapassa vous a dépassés. Elle s'oriente vers le milieu du cimetière, dépose méticuleusement les bouquets de fleurs sur la tombe commune de ses jumeaux.

Elle vient de s'agenouiller. Depuis là où vous vous trouvez vous l'entendez murmurer des paroles et sangloter.

Après un quart d'heure pendant lequel Prosper Milandou t'a rappelé d'observer le silence, la vieille dame repasse devant vous.

D'une voix douce elle bredouille :

– Bonjour, monsieur le DRH… Et bonjour au nouveau venu…

Prosper Milandou se plie en deux en guise de réponse. Tu fais de même. Il essuie une larme alors que la femme est maintenant hors du Frère-Lachaise.

– Vous pleurez ?

– Je t'ai déjà dit de me tutoyer…

Tu le fais pour la première fois :

– Tu pleures ?

– Oui, ici aussi il nous arrive de pleurer…

– Donc elle peut nous voir ? Elle a quel âge ?

– C'est une mère de jumeaux, et les mères de jumeaux voient tout… Quant à son âge, on ne sait pas, mais on pense tous qu'elle porte un siècle sur ses épaules.

Il semble pressé, regarde à gauche et à droite :

– Bon, je ne t'embêterai pas longtemps, j'ai fait mon devoir. Tu vois maintenant les choses dans le bon sens, tu as ton lieu à toi, je te conseille de te reposer, le temps est long ici, ce qu'on vit en un jour les vivants le vivent en plusieurs mois, voire en une année. Là je suis mort de fatigue, j'ai trop fait la fête ce 15 août et les jours qui ont suivi avec mes amis du Cimetière des Riches. Et eux, ils s'amusent comme des dingues ! Ils ont des vins qui viennent tout droit de France. On les enterre avec, et quand il n'y en a plus, leurs familles en ramènent ! Du coup ils n'arrêtent pas de s'enivrer du lundi au dimanche, vingt-quatre heures sur vingt-quatre. Hier ça a failli tourner à la bagarre générale. J'ai mis fin à pas moins de quatre altercations là-bas, pour une histoire de fesses qui n'avait pas été réglée du vivant de ces défunts. La femme, elle, est toujours en vie et s'est remariée avec un troisième larron, mais son vrai mari et son amant sont morts et continuent à se livrer une guerre sans merci chaque fois qu'ils boivent un verre de trop... Je ne vais pas te raconter ça, c'est une autre histoire, sinon on en aura pour une éternité !

Tu ne lui réponds pas. Le regard plein de culpabilité, il capitule :

– Oui, je sais, je parle trop. Mamba Noir me l'a souvent reproché...

Il te tourne le dos, fait quelques pas pour partir, mais rebrousse brusquement chemin :

– Tiens, j'allais oublier : es-tu disponible le week-end prochain ?

– Je ne sais pas...

– Tu ne resteras quand même pas là à faire le tour de ta tombe la mort dans l'âme ! Je peux te présenter à mes amis du Cimetière des Riches, ça marche comme ça, par cooptation, autrement ils ne t'ouvriront jamais le portail…

– Non, je dois d'abord aller en ville, j'ai des choses à régler et je…

– Tu veux te venger, c'est ça ?

– Moi, en principe je ne devais pas mourir ce soir-là et…

– Tous les morts disent ça, un peu comme ces criminels qui hurlent qu'ils sont innocents même si les preuves sont accablantes ! Je te l'ai déjà dit, comme pour la vie, on ne meurt qu'une fois, tu risques de regretter…

Il te considère une dernière fois et murmure, avant de disparaître dans un gros nuage de poussière qui obstrue ta vision :

– Tu m'avais pourtant l'air d'un garçon très intelligent, je m'étais en fait trompé !

Le nuage de poussière s'est dissipé l'espace d'un cillement, et il n'y a plus de trace de Prosper Milandou nulle part…

L'Artiste

Tu es toujours sous ton manguier, tu ne l'as pas quitté, tu te demandes encore si c'est vraiment le moment de te lancer hors de ces murs. Les feuilles de cet arbre s'agitent par à-coups, quelques mangues tombent à son pied, et tu observes ces petits reptiles qui se nourrissent des mangues les plus pourries et disparaissent dans leurs orifices disséminés autour de ta sépulture.

Un vieil homme, tout petit, bossu, avec un bonnet rouge et un sac en bandoulière. Il atteint le pied de ton arbre, ramasse avec précipitation des mangues qu'il fourre dans son sac sans te demander la permission.

– Qu'est-ce que vous faites, monsieur ? lui demandes-tu.

– C'est le rare manguier du cimetière, ça appartient donc à tout le monde, sinon il faut sortir, et moi je n'aime pas m'aventurer hors de cet enclos, les gens du dehors sont trop méchants avec nous…

Tu sens son odeur pestilentielle. « Il devrait prendre une douche, ce nain », penses-tu. Il est pieds nus, ses ongles sont de véritables serres. Ses mèches de cheveux dépassent du bonnet et ressemblent à de grosses lianes distordues. Dans les quartiers populaires, on le prendrait pour un rasta descendu de la montagne après des années de méditation et de vie au milieu de bêtes sauvages.

– Qu'est-ce que tu veux aller faire en ville, hein ? On ne meurt qu'une fois... Quand on est mort, on est mort !

Surpris, tu rétorques :

– Comment êtes-vous au courant ? C'est vous Mamba Noir, le patron d'ici ?

– Non, je ne suis pas Mamba Noir... Mais lui, il sait où tu es, où tu devrais être, où je suis, et où je devrais être. Rien ne lui échappe.

– Et vous, qui êtes-vous alors ???

– Pas de vouvoiement entre nous, Prosper Milandou te l'a rappelé ! Moi je suis l'Artiste...

– L'Artiste ? Quel artiste ?

– Je suis Lully Madeira, l'incomparable, le seul, l'éternel et unique Lully Madeira, il n'y en aura donc pas un autre sur terre car le Tout-Puissant n'en a fabriqué qu'un seul et unique modèle dans tout l'Univers, point final !

Ce nom te dit quelque chose. Oui, bien sûr, tu t'en souviens à présent. C'est le vieux jardinier de l'hôtel *Victory Palace*, George Moutaka, qui vous racontait l'étrange destin de ce Lully Madeira. Le jardinier prétendait l'avoir vu plusieurs fois quand il répétait avec son orchestre African Flash au *Touco Mambo Club*, dans le quartier Rex. La maison de George Moutaka et cette salle étaient mitoyennes. C'était pour cela qu'il s'enorgueillissait d'avoir vu l'Artiste « de ses propres yeux ».

La salle du *Touco Mambo Club* ne pouvait contenir que trois cent cinquante personnes, les autorités menaçaient de la fermer en cas de dépassement. Mais on allait au-delà de ce chiffre car la propriétaire, une commerçante libanaise, mouillait la barbe du chef des fonctionnaires de la Mairie pour que ceux-ci ferment les yeux.

Avant les répétitions et les concerts, un animateur s'époumonait :

– Lully Madeira ! Lully Madeira ! Lully Madeira ! L'incomparable, le seul, l'éternel et unique Lully Madeira, il n'y en aura donc pas un autre sur terre car le Tout-Puissant n'en a fabriqué qu'un seul et unique modèle dans tout l'Univers, point final !

Le batteur frappait fort, le drummer cassait presque ses baguettes au moment où les danseuses s'éparpillaient sur le podium, habillées en rouge avec des minijupes à paillettes. Le percussionniste ôtait sa chemise, le bassiste et l'accompagnateur également. C'était à ce moment-là, jurait George Moutaka, que le guitariste soliste Lokounia alias Jimmy Hendrix, le plus connu du groupe après Lully Madeira, grattait les cordes de sa guitare avec les dents pendant que le public entendait le bruit d'une moto qui démarrait !

Puis apparaissaient les quatre chanteurs, alignés du plus petit au plus grand.

Il y avait maintenant de la fumée rouge partout dans la salle. On n'apercevait plus rien et, alors que cette fumée disparaissait dans le ciel, l'animateur de la salle hurlait encore :

– Lully Madeira ! Lully Madeira ! Lully Madeira ! L'incomparable, le seul, l'éternel et unique Lully Madeira, il n'y en aura donc pas un autre sur terre car le Tout-Puissant n'en a fabriqué qu'un seul et unique modèle dans tout l'Univers, point final !

Lully Madeira était là, au milieu du podium, deux chanteurs à sa gauche, deux autres à sa droite, les danseuses derrière. Si dans la fumée on ne pouvait pas remarquer que l'Artiste était un bossu, une fois qu'elle s'était dissipée on tombait sur cette grosse bosse qui orientait son corps vers sa droite et qui avait fait sa légende. Ses fans racontaient qu'il chantait sciemment « de côté » alors que c'était la bosse qui pesait.

D'après George Moutaka, les Ponténégrins n'ignoraient pas que lorsque Lully Madeira avait commencé sa carrière de chanteur avec son orchestre, il n'était pas du tout un bossu. En ce temps-là les jeunes filles ne tombaient pas dans les pommes pendant ses concerts ou ses répétitions, les mamans du Grand-Marché ne lui offraient pas de mangues, de mandarines, d'ananas ou de papayes malgré quelques-unes de ses chansons qui passaient à la radio. Tout avait basculé l'année où il avait consulté un féticheur, car il lui était insupportable que les groupes concurrents comme Yoka Lokole ou Coyabilé tiennent le haut du pavé dans la ville et que leurs titres soient joués à la radio nuit et jour. Qu'avaient-ils de plus que lui et son African Flash ? Il se le demandait en critiquant sans ménagement les albums de ses rivaux, avec « ces chansons insipides et mal écrites ».

Lully Madeira s'était rendu chez Denzou, un grand féticheur originaire de la Bouenza, où l'on ne badine pas avec la fabrication des gris-gris. Pendant les affrontements ethniques, on craint souvent de se mesurer aux habitants de la Bouenza. Ceux-ci portent à l'intérieur de leur caleçon des amulettes destinées à gagner la guerre, et ils deviennent alors invincibles, les balles des mitraillettes ne peuvent plus les atteindre, ils se transforment en bêtes sauvages, en arbres, en montagnes, en bois mort, en feu de brousse ou en pluie torrentielle. Ils agissent aussi dans des domaines aussi divers que jeter un sort contre quelqu'un, retourner les pensées d'une femme mariée ou d'un homme pour l'entraîner à demander le divorce, faire revenir la femme ou l'homme qui a fui son mariage, attirer la richesse, le succès, ça dépend de ce qu'on veut.

Le féticheur Denzou avait prévenu Lully Madeira :

– Ça va te coûter très cher…

Lully Madeira avait rigolé. Il était venu avec un sac noir en plastique rempli de billets :

– Tout ça c'est pour toi, et ce n'est qu'une avance ! Je ferai des concerts du lundi au dimanche au *Touco Mambo Club*, et je te filerai cinquante pour cent des recettes…

Denzou lui avait répondu :

– Tu n'as pas compris ce que je veux te dire, Lully…

– Combien faut-il que je te paye alors ? N'aie pas honte de me le dire, tu sais…

– Les esprits ne sont pas attirés par la monnaie fabriquée par les êtres humains. Ce qui les intéresse, c'est d'habiter dans un corps parce qu'il n'y a plus trop d'espace sous la terre et dans le ciel.

– Comment habiteraient-ils dans un corps ?

– Il suffit que tu acceptes de les héberger en toi, moi je les contacterai pour discuter et signer le contrat en ton nom…

– Si ce n'est que ça, contactons-les maintenant !

– Tu n'as toujours pas saisi, Lully : tu trimballeras une bosse quand ils habiteront dans ton corps...

– Non ! Tu as vu comment je suis beau et élégant ?

– Ne me dérange donc plus, j'ai autre chose à faire, va rechercher ton succès par le travail.

Aussitôt qu'il était sorti de chez Denzou, une petite voix lui murmurait qu'il avait raté la seule chance de sa vie d'embrasser le succès. Une autre l'incitait à comparer sa situation à celle des autres artistes de la ville. Ces derniers avaient certainement signé des contrats avec les esprits, et c'était pour ça que leurs disques figuraient dans le hit-parade de La Voix de la Révolution Congolaise ou dans celui de La Voix du Congo-Zaïre. Ces musiciens n'étaient certes pas des bossus, mais avaient peut-être signé un pacte afin d'héberger les esprits dans d'autres parties de leur corps. Ils avaient tous sacrifié quelque chose. Tchico Litoyi était aveugle. Fernand Kobalana était infirme du pied droit. Firmine Pembey ne pouvait plus avoir d'enfants. Le point commun entre eux ? Leur fulgurante ascension.

Lully Madeira était vite revenu sur ses pas pour supplier Denzou :

– C'est bon, j'accepte d'héberger les esprits dans mon dos !

– Tu es sûr et certain ?

– Je n'ai jamais été une seule fois dans le hit-parade, alors que je sais que je suis meilleur que tous ces plaisantins qui vendent leurs disques comme de petits pains ! Il faut réparer cette injustice…

– Tu auras du succès, je peux te le garantir…

Lully Madeira écoutait avec intérêt les promesses de Denzou qui lui a alors fixé rendez-vous à minuit dans le petit cimetière du quartier Voungou, en traversant la rivière Tchinouka…

George Moutaka poursuivait son récit avec une certitude de témoin oculaire, jurant que Denzou et Lully Madeira s'étaient assis sur la plus vieille tombe de ce cimetière de Voungou pendant que la lune les épiait. Après lui avoir expliqué qu'il allait quitter les lieux et que quelqu'un d'autre viendrait lui parler, Denzou abandonna le musicien dans ce lieu sinistre et s'évanouit dans les ténèbres.

L'Artiste entendit alors une voix tremblotante et grave :

– C'est toi, Lully Madeira ?

– Oui, c'est moi Lully Madeira le chef de l'orchestre African Flash...

– Je suis le plus vieil habitant de ce cimetière, le représentant des esprits, et j'ai le pouvoir de parler en leur nom.

– Je ne vous vois pas ?

– Nous ne sommes pas du même monde, moi je vous vois. Êtes-vous certain de votre décision finale ?

– J'ai déjà réfléchi, je vous jure, et je l'ai dit à Denzou...

– Réfléchissez encore, les hiboux nous regardent, ils sont les témoins des accords que les humains signent avec nous...

– Je suis prêt, je vous jure.

Sans se départir de cette certitude qui l'animait, le vieux jardinier du *Victory Palace* vous avait avoué que des hiboux s'étaient posés sur les branches des filaos qui entourent le cimetière de Voungou. Ils avaient hululé la nouvelle au cœur de la nuit, et les esprits s'étaient réunis jusqu'à trois heures du matin pendant que Lully Madeira était dans le coma.

Quand l'Artiste avait rouvert les yeux, il était déjà cinq heures du matin. Il ne parvenait pas à se mettre debout, son corps penchait presque de tout son poids vers la droite, et il lui était impossible de le redresser comme avant. Alors, il a bougé d'abord en sautillant à la manière d'un cabri, puis en titubant, telle une mante religieuse. Ce n'était que vers la sortie du cimetière qu'il avait trouvé une nouvelle démarche : sautiller sur le pied gauche, ramener ensuite le pied droit au niveau de ce pied gauche…

Arrivé chez lui dans le quartier Roy vers six heures du matin, Lully Madeira avait dormi toute la journée. Le soir, il avait entendu frapper avec insistance et s'est avancé vers la porte, toujours en sautillant, puis en titubant. Il était tombé sur trois de ses musiciens qui ne l'avaient pas reconnu et étaient plutôt effrayés par le personnage en face d'eux.

Le choriste Penky était le plus terrifié :

– Excusez-nous, vous êtes un des parents de notre boss ? On l'attend au *Touco Mambo Club*, il y a du monde qui a déjà payé pour assister aux répétitions, et il risque d'y avoir de la bagarre si on ne répète pas !

– Penky, c'est moi ! C'est moi Lully Madeira ! L'incomparable, le seul, l'éternel et unique Lully Madeira, il n'y en aura donc pas un autre sur terre car le Tout-Puissant n'en a fabriqué qu'un seul et unique modèle dans tout l'Univers, point final !

Les musiciens, qui allaient tous s'enfuir, avaient reconnu ce débit et ce long slogan que l'Artiste était le seul à si bien dérouler, presque en le chantant.

Mais Penky s'inquiétait toujours :

– Patron, tu es souffrant, tu as eu un accident, on t'accompagne à l'hôpital et...

– Moi, je suis souffrant, moi, Lully Madeira ?

– Alors repose-toi, je t'ai toujours remplacé et je vais le faire encore et...

– Personne ne peut remplacer Lully Madeira ! Je viens de ce pas avec vous aux répétitions !

– Patron, dans la rue les gens vont voir dans quel état tu es, et ils vont dire que...

– Puisqu'on sera dans un taxi, qui me verra dedans ?

L'Artiste avait mis plus de temps qu'avant pour se changer. Seul le pull-over rouge, grâce à son extensibilité, pouvait épouser les contours de sa bosse, les chemises en coton étaient trop serrées. Il avait enfilé un pantalon jersey moulant jusqu'aux cuisses et évasé à la hauteur des genoux, des chaussures vernies rouges avec une boucle sur les côtés. Pendant tout le trajet, aucun des musiciens ne lui parlait. Intimidés, ils se demandaient encore si ce bossu était réellement Lully Madeira...

Penky a fait entrer l'Artiste par la porte de derrière du *Touco Mambo Club* et a dit à ses autres collègues :

– Je ne veux pas que le public le voie maintenant, sinon on recevra des mangues pourries dans la figure !

Lully Madeira s'était assis dans un coin à peine éclairé par une petite bougie. De loin il ressemblait à une tortue qui ne parvenait pas à pondre un œuf. Mais il était en transe, griffonnait avec frénésie des choses sur un bout de papier.

Quand il a entendu ses musiciens chauffer la salle avec la chanson « Au cœur de septembre » de Nana Mouskouri, il a bondi comme un kangourou sur le podium, échappant à Penky qui avait essayé de le retenir :

– C'est quoi ça ? Pourquoi vous jouez des vieilleries françaises ? Arrêtez-moi ça !

Le public, surpris de voir cet homme voûté, a éclaté de rire avant de le huer :

– Ouh ! Ouh ! Ouh ! Dégagez-nous ce Quasimodo !!!

Lully Madeira a dit à Penky :

– Écoute-moi bien : on ne chantera plus les interprétations des Français et des Zaïrois à partir de maintenant. Je suis un génie, et je veux que tu le saches ! Je viens d'écrire trois chansons en dix minutes, et c'est ce qu'on va répéter aujourd'hui ! J'en écrirai vingt autres avant le grand concert de Noël…

Là, Penky avait compris que leur orchestre était foutu. Lully Madeira se prenait lui-même pour un doué.

Et le voilà qui s'était levé pour donner des consignes au drummer et au guitariste soliste Lokounia alias Jimmy Hendrix. Il avait demandé aux choristes d'aller vite se placer sur la scène et, dès qu'ils avaient occupé leur position habituelle, Lully Madeira avait bondi au milieu du podium et avait hurlé en se retournant vers les instrumentistes :

– UN ! DEUX ! TROIS !

L'orchestre avait d'abord joué dans un désordre qui avait désarçonné cette salle plus que bondée :

– Où est Lully Madeira ??? Où est-il ? On ne veut pas de Quasimodo ! Si Lully Madeira n'est pas là, on va tout casser !

Sans perdre son flegme, le bossu avait pris le micro dans sa main droite et entamé son chant en regardant vers le ciel. Parlait-il aux anges ? Parlait-il à Dieu ? Jouait-il dans un concert imaginaire au Paradis ? En tout cas plus personne ne le huait. On n'avait jamais entendu une voix aussi belle à Pointe-Noire ! Dans ses paroles le bossu racontait comment la ville de Pointe-Noire était belle, merveilleuse, avec l'océan Atlantique, la Côte sauvage, des bars avec des terrasses remplies de monde, de l'ambiance vingt-quatre heures sur vingt-quatre, etc. Et, pour couronner le tout, il avait donné un surnom à la cité : « Ponton-La-Belle ».

Ce jour-là, certifiait George Moutaka, les filles s'évanouissaient partout dans le *Touco Mambo Club*, et on les ranimait avec de la bière Primus bien glacée qu'on déversait sur leur visage. Qui n'avait pas versé de larmes ? Penky aussi pleurait et avait perdu la voix, laissant Lully Madeira mener les chœurs avec les autres choristes qui lui répondaient comme s'ils avaient répété mille fois la chanson…

À la fin de cette répétition, le bossu s'était avancé vers la foule et, avec cette voix d'une pureté angélique, comme s'il voulait introduire le nouveau Lully Madeira, celui-là qui venait de naître des cendres du précédent, il avait dit :

– Bonsoir, je suis Lully Madeira le leader du groupe African Flash. La chanson que vous venez d'écouter, je l'ai composée il y a vingt minutes... Elle s'appelle « Ponton-La-Belle », un hommage à notre ville de Pointe-Noire qui est la cité la plus merveilleuse du monde...

Le lendemain, La Voix de la Révolution Congolaise a proposé à l'orchestre African Flash d'enregistrer la chanson « Ponton-La-Belle » dans leur studio. On l'a passée du matin au soir et du lundi au dimanche pendant un an dans l'émission *Chansons à la demande*. Les orchestres l'interprétaient à foison, on la piratait, on la traduisait dans toutes les langues du pays et celles du Zaïre. « Ponton-La-Belle » est restée au hit-parade du Congo et du Zaïre pendant une année.

Lully Madeira et son orchestre étaient désormais célèbres. C'était pour eux une année de folie, avec des affiches à chaque intersection de la ville. L'Artiste ne pouvait plus se déplacer dans la ville sans causer des embouteillages interminables. On ne parlait que de son groupe, de lui, et sur la une des magazines il était toujours entouré de belles filles. Les succès s'accumulaient, chaque titre entrait directement en première position au hit-parade. Lully Madeira avait été plus que comblé, ayant atteint la sommité qu'il recherchait et ayant écrasé ses concurrents qui ne l'avaient pas vu venir de façon aussi fracassante.

George Moutaka affichait un air de tristesse lorsqu'il expliquait que si cette aventure extraordinaire avait propulsé le groupe African Flash sur le plan national en un temps record, les choses allaient néanmoins trop vite et tout ce qui se propulse très haut finit par redescendre à la même vitesse. Les musiciens se chamaillaient maintenant entre eux, en général à cause des femmes, ou que chacun d'eux voulait chanter à droite de Lully Madeira afin d'être mieux vu, prouver que c'était lui qui deviendrait le chef de l'orchestre à la mort du patron. Les fans avaient remarqué ces divisions dans les concerts et pendant les répétitions : ils jouaient tels des robots, sans manifester qu'ils étaient épanouis à la hauteur de ce boucan qu'il suscitait dans le pays. Lully Madeira les engueulait, leur balançait des canettes de bière à la figure. On l'entendait hurler que ces artistes ne seraient rien sans lui, qu'il était l'élu de Dieu, que c'était grâce à son talent que le succès était là.

Et puis, du jour au lendemain, alors que cela faisait une année que les succès s'accumulaient, il avait appris à ses musiciens qu'il dissolvait l'orchestre et entamait une carrière solo. Il travaillerait donc avec des musiciens indépendants qu'il choisirait lui-même pour l'accompagner dans ses tournées ou enregistrer ses albums. Après avoir limogé tout le monde, il sortit en effet un nouveau disque enregistré au Zaïre. On le voyait seul sur la couverture de l'album, le sourire jusqu'aux oreilles, avec une couronne en or sur la tête. On entendait les titres dans les boîtes de nuit, dans les bus, dans les marchés, pendant les fêtes de mariage ou les retraits de deuil. Certains affirmaient que c'était son meilleur album, voire l'album de la décennie, et Lully Madeira rectifiait les choses en le désignant dans ses interviews comme « l'album du siècle ». Quelques fans nostalgiques regrettaient l'époque ancienne d'African Flash et taxaient l'Artiste d'être tombé, « comme les autres médiocres », dans le piège de la musique commerciale. Néanmoins, les jeunes orchestres s'inspiraient de son rythme, reprenaient ses chansons en imitant sa façon de bouger avec sa bosse, parce qu'ils étaient persuadés que la voix merveilleuse de Lully Madeira provenait de son infirmité et que les bossus avaient par nature une voix prodigieuse, car les sons transitaient d'abord par leur gibbosité, où ils étaient dépurés afin de mieux caresser par la suite les oreilles des mélomanes…

George Moutaka prenait un air sombre lorsqu'il abordait le crépuscule de la vie Lully Madeira. Presque une décennie de succès, mais le chanteur avait une obsession : jouer à *L'Olympia*, la salle qui a vu les plus grands du monde venir s'y produire. À sa connaissance il n'y avait que le Congolais Tabu Ley alias Rochereau qui y avait joué, et encore c'était seulement en première partie du grand concert de Johnny Halliday. Lully Madeira serait alors le premier en Afrique noire à jouer dans cette salle parisienne mythique. Il avait, de ce fait, rendez-vous au centre-ville, à l'hôtel *Victory Palace*, pour rencontrer un producteur blanc qui travaillait dans une grande maison de disques en Europe. C'était ce dernier qui lui avait promis de le rendre célèbre dans le monde entier et de lui ouvrir les portes de *L'Olympia*, car il faisait partie du cercle des amis du directeur, Bruno Coquatrix.

Un jour avant ce rendez-vous crucial pour lui, Lully Madeira avait consulté de nouveau Denzou, qui l'avait alerté de ne surtout pas rencontrer ce Blanc.

– C'est une tentation du Diable, tu es célèbre ici et à Brazzaville, ça te suffit. Ce Blanc que tu vas rencontrer n'est pas en réalité un vrai Blanc… Les esprits finissent par punir les gourmands, ils t'ont à l'œil depuis un moment et veulent déménager de ton dos par tous les moyens, car ton comportement finit par les horripiler. Jusque-là, je crois qu'ils ont plutôt été bienveillants à ton égard…

Lully Madeira a ignoré les conseils de Denzou. Les esprits n'avaient pas apprécié qu'il ait licencié ses musiciens d'African Flashs, qui étaient devenus des vagabonds, jouaient de la guitare dans les rues de Pointe-Noire ou faisaient la manche pendant que leur ancien patron menait la belle vie…

L'Artiste s'est rendu au centre-ville dans sa Citroën CX que ses fans reconnaissaient de loin car il n'y en avait que quelques-unes à Pointe-Noire. Il avait apporté ses nouveaux enregistrements, ses cassettes d'avant et ses anciens disques dans un gros sac pour ce rendez-vous décisif avec le producteur européen. Ayant garé sa voiture sur le boulevard du Général-Charles-de-Gaulle, il avançait à pied dans la rue Bouvanzi qui mène au *Victory Palace*, espérant croiser des foules en délire, car il appréciait ces moments de liesse où il se sentait aimé. Il rêvait de l'ampleur de ce succès international, avec ses photos et ses affiches sur les murs des principales villes européennes. Il rigolait de bonheur, sautillait, sifflotait un nouvel air de chanson, certainement un futur tube et ne faisait même pas attention à ce vieil autobus de la Société des Transports Ponténégrins qui roulait à tombeau ouvert et dont le chauffeur avait définitivement perdu le contrôle malgré ses multiples coups de frein. Et c'était trop tard : le petit corps bossu de Lully Madeira avait été propulsé en l'air et s'était retrouvé de l'autre côté de la rue Bouvanzi, à moins de trois cents mètres du lieu de son rendez-vous, désormais entouré d'une foule qui s'agrandissait, pleurait comme si elle venait de perdre un membre de sa propre famille…

La radio avait annoncé un deuil national qui avait duré un mois. Le président Papa Mokonzi Ayé alias Zarathoustra et son gouvernement étaient venus à Pointe-Noire pour les funérailles. Après le mois de deuil, le Maire de la ville avait décidé qu'il y aurait une statue géante de Lully Madeira à l'endroit où l'autobus l'avait fauché et que, désormais, deux jours avant Noël, on serait dans la joie, on célébrerait sa mémoire. La population était satisfaite que le Maire ait offert une maison à chaque artiste de l'ancien groupe de Lully Madeira car, sans eux, est-ce qu'on aurait parlé de ce musicien ? L'orchestre African Flash avait repris les répétitions au *Touco Mambo Club*, et c'était Penky qui en était devenu le patron. Il n'y avait certes pas le même succès qu'à l'époque de Lully Madeira, mais ces artistes ne songeaient surtout pas à aller consulter le féticheur Denzou afin d'accroître leur audience.

Le jour de l'enterrement de Lully Madeira au Frère-Lachaise – il aurait mérité de reposer au Cimetière des Riches, mais on ne lui avait pas accordé ce privilège parce qu'il avait signé un pacte avec le Diable –, les Ponténégrins s'étaient habillés en blanc des pieds à la tête et longeaient la rue du Repos en imitant tous le dos voûté de l'Artiste. Ils chantaient « Ponton-La-Belle » interprété par Penky et l'African Flash. Le Maire avait fait un discours à la radio, et même si Lully Madeira avait signé un pacte avec les mauvais esprits, il resterait dans le cœur des Ponténégrins comme le plus grand de tous les chanteurs, et sa légende ne mourrait pas, disait-il dans cette oraison funèbre…

George Moutaka terminait chaque fois son histoire les larmes aux yeux, et vous étiez conscients qu'il la raconterait une fois de plus à quelqu'un qui oserait lui dire qu'il ne savait pas qui était Lully Madeira. D'ailleurs, pour l'inciter à raconter, il suffisait de lui dire :

– Ce Lully Madeira, est-ce qu'il existait vraiment ou c'est une histoire des gens de ton âge ?...

Le vieil homme se relevait d'un bond, il ne faisait plus son âge et imitait aussi tôt l'Artiste :

– Je suis Lully Madeira ! L'incomparable, le seul, l'éternel et unique Lully Madeira, il n'y en aura donc pas un autre sur terre car le Tout-Puissant n'en a fabriqué qu'un seul et unique modèle dans tout l'Univers, point final !

Lully Madeira te regarde avec un sourire en coin comme s'il avait compris que tu savais en réalité à qui tu avais affaire malgré ton jeune âge :

– Les gens raconteront n'importe quoi, se justifie-t-il, mais je le dis et le redis : je suis Lully Madeira ! L'incomparable, le seul, l'éternel et unique Lully Madeira, il n'y en aura donc pas un autre sur terre car le Tout-Puissant n'en a fabriqué qu'un seul et unique modèle dans tout l'Univers, point final !

Consacrera-t-il sa mort à répéter tel un perroquet cette autopromotion de l'artiste élu par Dieu ?

Il remet son sac en bandoulière après avoir ramassé d'autres mangues. Confus par son attitude, il veut se rattraper :

– Je t'en laisse quelques-unes ?

– Non, merci, je n'ai pas faim.

– Pourquoi tu n'as pas faim ? Tu n'as pas encore mangé depuis que tu es mort, tu trouves ça normal ? Tu risques d'avoir la peau sur les os !

Tu ne sais pas s'il faut en rire, mais lui rigole en véritable bossu :

– Ah ! Ah ! Ah ! Ne m'en veux pas, c'est cet humour déplacé qu'on lance aux nouveaux venus.

Il s'éloigne peu à peu de ta tombe, se dissout dans un épais nuage de poussière qui obstrue ta perspective.

Juste au moment où tu revois enfin les choses en plus clair, il n'y a plus du tout de trace de Lully Madeira nulle part…

Le vieil homme et le livre

Aussitôt que le nuage de poussière a emporté l'Artiste, tu vois apparaître un autre individu, aussi petit que le précédent, maigre, le profil plat comme une sole, les sourcils broussailleux, la barbe grise, les yeux rouges à fleur de tête. Il pose chacun de ses pas au sol après un mouvement presque au ralenti.

Il vient de refermer le livre qu'il tient entre les mains et le range dans une poche de ses haillons qui balayent le sol. Le voilà qui fait maintenant le tour de ta tombe.

– Je suis là pour te ramener à la raison, dit-il.

– Vous êtes Mamba Noir, le fameux patron de ces lieux ?

Il se plie en deux de rire :

– Pas de vouvoiement entre nous, Prosper Milandou et l'Artiste te l'ont rappelé !

– Tu es le fameux Mamba Noir ?

– Le « fameux » ? N'exagérons pas, laisse ces honneurs pour les vivants... Disons que je sais tout ce qui se passe ici, où tu es, où tu devrais être. Rien ne m'échappe, je ne connais pas d'angles morts, j'ai entendu ce que vous vous êtes dit tout à l'heure avec l'Artiste, mais aussi bien avant, avec le DRH…

Pendant qu'il s'exprime, tu serres très fort la mangue que tu viens de ramasser à tes pieds.

– Je ne suis pas là pour te piquer ton fruit. Tu n'as pas eu la même attitude quand Lully Madeira t'a tout piqué tout à l'heure, n'est-ce pas ? Tu l'as pourtant laissé remplir sa gibecière ! Détends-toi, je ne mange pas de ça, j'ai de quoi avec moi, je mange surtout l'imbécillité des autres pour qu'ils deviennent un peu plus sages, tu vois ce que je veux dire ? Je suis venu manger ton imbécillité, pour cela il faut que tu me connaisses un peu…

Il ne s'assoit toujours pas, et cela te dérange car tu es contraint de garder la tête levée afin de l'écouter.

– Je ne me suis pas présenté, jeune homme… Je pourrais être ton arrière-grand-père puisque toi tu n'as pas encore un seul cheveu poivré. Ici on m'appelle Mamba Noir, je veux que tu m'appelles ainsi parce que j'ai un troisième œil, plus fiable que l'œil de Caïn, fils aîné d'Adam et Ève, celui-là qui a signé le premier meurtre de l'humanité ! Tu es assis au pied de cet arbre depuis un moment, et tu tiens maintenant une mangue à la main comme un débile qui ne sait s'il faut la manger ou la donner à ces pauvres corbeaux affamés qui t'épient. Ton égoïsme te pousse à te méfier de tout, y compris de ton ombre qui, heureusement, ne se voit pas parce que nous autres nous n'avons plus le bonheur d'admirer notre reflet, même dans sa dimension la plus obscure...

– Cette mangue est tombée de l'arbre et...

– Est-ce que je t'ai demandé de te justifier ? Pourquoi donc tu coupes la parole à un ancien, hein ? Personne ici n'ouvre sa bouche lorsque Mamba Noir parle ! Si tu me coupes encore, je m'en vais ! C'est moi et moi seul qui ai le privilège de prendre la parole car je la préserve et ne la livre qu'au compte-gouttes à l'instar du mont Nkamba que l'on aperçoit d'ici, cette montagne qui ne dévoile ses secrets qu'à ceux qui l'escaladent avec humilité. Est-ce que tu comprends ça au moins, petit bleu ?

Tu te recroquevilles de plus en plus. Il reprend son souffle, enchaîne :

– Je sais, oui je sais, tu t'imagines que je ne suis qu'un fou, un déchet d'une des poubelles de ton quartier Trois-Cents ! Comme je ne suis pas grand de taille, je présume que tu te dis : « Quel bout d'homme, ce vieux ! » En vérité, le Frère-Lachaise ne te tendra pas ses bras à l'instar d'une péripatéticienne qui traîne ses guibolles le long des trottoirs de cette ville. Je sais que tu n'acceptes toujours pas les conditions de ta mort. Oh, rassure-toi, je ne suis pas venu te faire un procès, encore moins te conduire quelque part où aurait lieu le Jugement dernier. C'est du pipeau ces histoires de jugement de l'au-delà. Des balivernes qu'on te vendait à l'église *Grâce à Dieu*, et je ne te rappellerai pas comment les choses se sont terminées là-bas ! Ici ce qui nous tue, c'est la lame de la conscience, l'impression que notre vie tenait à un fil que nous avons nous-mêmes cassé. Oui, je le dis haut et fort : toutes les morts sont méritées, y compris celles d'une graine qui n'a pu éclore ou qui n'a tenu qu'une heure après son éclosion…

Il crache à quelques centimètres de lui, recouvre son crachat avec de la terre raclée à l'aide de son pied droit.

– Ce lieu m'appartient de bout en bout parce que j'ai été là avant, parce que je suis là, parce que je serai toujours là, et c'est moi qui désigne le chef de secteur auprès des anciens qui doivent confirmer mon choix par un vote à l'unanimité. J'ai ainsi nommé Prosper Milandou car, dès son arrivée, il était humble malgré son profil qui lui aurait valu une place au Cimetière des Riches. C'est un homme brillant, fin, et qui, dès qu'il est avec moi en visite au Cimetières de Riches, épate même les Blancs qui reposent là-bas. Il connaît l'Histoire de France, il maîtrise la culture française, et c'est pour ça qu'il est accepté aux grands repas et aux fêtes de ce cimetière où on l'écoute et l'applaudit tandis que, moi, je suis fier comme Artaban puisque le crédit me revient aussi par ricochet. L'être le plus intelligent est celui qui reconnaît l'intelligence de l'autre. Et Prosper Milandou, dans son humilité, avait accepté mon autorité. Il ne me coupait pas la parole comme la plupart des bleus de ton espèce. D'ailleurs, comment peux-tu te pointer dans mon territoire sans me rendre visite ?

– Je ne connais personne, et je ne sais pas où est ta tombe !

Il regarde vers le ciel. Trois corbeaux planent au-dessus de vous. Sans doute les mêmes qui guettaient ta mangue un peu plus tôt et qui reviennent pour vérifier si tu as décampé en abandonnant ton fruit.

– Je suis mort il y a maintenant un demi-siècle à cause de ma propre idiotie. En cela toi et moi nous sommes pareils, victimes de notre stupidité. Je ne sais pas comment te l'expliquer, je vais essayer, et je te demande de ne pas me couper parce que, je te jure que je risque de partir sans que tu ne saches rien de moi, et j'emploierai alors tous les moyens qu'il faut pour que ta mort soit un véritable calvaire, est-ce que tu me comprends ? J'ai horreur qu'on m'interrompe…

Il se tait quelques secondes, vraisemblablement rassuré, se racle la gorge et débute :

– De mon vivant, moi Mamba Noir, j'ai été le gardien de ce Frère-Lachaise. Je travaillais de jour comme de nuit, j'étais presque un meuble de cette concession et, pour beaucoup, parler de ce lieu, c'était parler de Mamba Noir, cet homme qui est en face de toi ici et maintenant ! En réalité les gens me voyaient à peine, pour eux j'étais d'une autre époque. La cabane qui est à l'entrée du cimetière était ma deuxième maison. Je l'appelais affectueusement « mon bureau ». Dans ces trente mètres carrés, j'avais mon réchaud à gaz, un petit frigo, un peu de vaisselle, un tabouret, un lit pliant avec un petit meuble table. Certains des objets m'avaient été offerts par les familles éprouvées qui estimaient que j'avais été gentil à leur égard en les accompagnant jusqu'à la tombe de leur défunt alors que je n'y étais pas du tout tenu. Je mangeais et dormais là. Le seul jour de repos que j'avais chaque année c'était le 15 août, le jour anniversaire de l'Indépendance de notre pays. C'était normal puisque le gouvernement interdisait d'enterrer les gens ce jour-là. Moi aussi j'avais le droit de fêter, de me mêler à la foule, de danser, de m'enivrer comme savent le faire les Ponténégrins pendant cette date anniversaire. Ça ne te dit rien, à toi, la fête du 15 août, hein ? N'est-ce pas à cause d'elle que tu es ici ? Tu n'es pas obligé de répondre, je sais bien que cette date résonne en toi comme une date de malheur ! Bref, c'est une autre histoire que je laisse à ta conscience, c'est à toi de voir, de te demander ce que tu veux devenir maintenant que la vie est passée et que tu as toute ta mort devant toi pour y réfléchir… Donc cette cabane était devenue à la fois ma maison et mon bureau, mais le 15 août de chaque année, c'est le seul jour que je passais entièrement hors d'ici. Je pouvais alors rentrer en ville, à la maison, prendre une bonne douche pour me départir des odeurs de morts – oui, les morts puent, ne nous voilons pas la face –, m'asseoir devant une vraie table à manger, me servir un bon plat de bananes plantain au porc, dormir dans un lit confortable et faire de beaux rêves qui ne tourneraient pas autour du Frère-Lachaise. Cette maison du quartier Roy, je l'avais héritée à la mort de mon père survenue trois années après celle de ma mère, ils étaient morts de la même maladie, le cholangiocarcinome, autrement dit le cancer des voies biliaires, une tumeur pourtant très rare, d'après les médecins, mais qui, comme par fatalité, avait choisi de frapper à deux reprises notre foyer. Ma petite sœur – on avait juste deux ans de différence – avait suivi son mari angolais, un des rebelles de l'opposant Jonas Savimbi qui n'arrêtait pas de menacer le pouvoir en place. Je n'allais plus avoir de nouvelles de cette sœur, même le jour de la mort de notre père puisqu'elle ne s'était pas pointée, alors que moi j'avais immobilisé le corps pendant quinze jours à la morgue dans l'espoir qu'elle apparaîtrait. Je ne sais pas à ce jour ce qu'elle est devenue, si elle est encore en vie, donc aussi vieille que moi, et réside en Angola, ou si le régime en place l'a tuée avec son mari. La maison familiale m'appartenait désormais, je pouvais la vendre si je le voulais. La parcelle était délimitée par des fils barbelés afin d'empêcher certains passants qui, pour gagner la rue de derrière, traversaient carrément notre cour sans nous saluer. Ils préféraient se blesser en écartant ces fils barbelés que de faire le tour de la maison. À la mort de mon père, j'avais supprimé cette protection et, curieusement, il y avait de moins en moins de gens qui pénétraient dans la parcelle, comme s'ils le faisaient autrefois juste pour embêter mes parents et leur montrer que dans ce monde il ne fallait pas être égoïste, que la terre appartenait à tout le monde…

Il crache encore, cette fois entre ses jambes, et pose son pied droit dessus. Ses haillons flottent avec le vent.

– Oui, de mon vivant je travaillais dans ce cimetière comme gardien. Mes objets de travail ? Une houe pour ôter les herbes entre les tombes, un râteau pour les rassembler, une brouette pour aller les jeter dans un coin de la nécropole et les brûler une fois qu'elles avaient séché au soleil. J'avais aussi une torche qui me permettait de m'orienter la nuit lorsque j'entendais quelque chose d'insolite dans les parages. Ce n'était rien que des animaux de l'extérieur qui s'introduisaient dans la concession parce que, sans doute, les poubelles de Pointe-Noire ne leur offraient plus rien à se mettre sous la dent. Des chats aux poils hérissés, j'en ai vu. Je ne te parle même pas des chiens à la queue en spirale ou de ces poules qui s'amusaient à pondre leurs œufs difformes au pied des arbustes. Je tombais de temps à autre sur des bêtes répugnantes de toutes sortes : des serpents noirs, longs et luisants qui se glissaient dans les tombes à travers des orifices que je bouchais le lendemain ; des rats qui se déplaçaient de guingois et ne craignaient plus la lumière de ma torche ; des lézards dont la crête rouge enflait dès qu'ils étaient perturbés, et que sais-je encore. Le coupe-coupe me servait d'arme de défense. J'avais au départ exigé une arme à feu, hélas la Mairie m'avait fait comprendre que ma profession n'était pas considérée comme assez dangereuse pour qu'on me fournisse un tel moyen de défense. Moi j'étais un peu en colère, qu'est-ce qu'ils en savaient, ces bureaucrates de la Mairie, hein ? Ils faisaient leur commerce sur le dos des morts, et c'est moi qui devais mettre ma vie en péril si des bandits s'amusaient à venir faire leurs conneries dans cet enclos ! D'ailleurs quand je voyais comment ces bureaucrates géraient cet espace je me demandais dans quel monde nous étions ! Normalement ils devaient bien organiser les choses, suivre ce que la loi disait. Dans les pays développés ça se passe de manière organisée : la Commune fait un état des lieux pour au moins connaître la capacité du cimetière et séparer l'espace privé de l'espace collectif, tout ça par rapport au nombre de la population de la cité, des décès et des demandes. Mais ici, c'est la pagaille, et je te dis qu'on a souvent enterré des morts sur d'autres morts, parce que figure-toi qu'on recevait des cadavres venus de très loin alors que pour être inhumé ici, il fallait habiter la commune de Pointe-Noire, ou du moins posséder une concession privée dans le cimetière. Et puis, tous ces types de la Mairie, ils me prenaient pour de la vraie merde, de la crotte de hibou ! Quand il leur manquait du personnel, je laissais de côté mon activité de gardien, et voilà que je me retrouvais avec les types du service des funérailles à planifier les choses, à creuser avec les croque-morts ! Tu trouves ça normal, toi ? Bref, comme ma vie tournait autour du Frère-Lachaise, c'est aussi ici que je ramenais les petites gazelles que je draguais dans les quartiers populaires. Ça leur faisait très peur, les pauvres filles, lorsque je leur donnais rendez-vous au cimetière, mais quand je leur expliquais avec calme mon boulot, elles finissaient par comprendre et ne me prenaient plus pour un pervers sexuel, je veux dire un nécrophile. Elles tremblaient néanmoins en arrivant, et c'était parfois difficile pour moi de passer une nuit agréable avec elles car elles étaient en alerte permanente, le moindre bruit les inquiétait, les contractait, et on ne pouvait plus rien faire d'intéressant que d'écouter la radio qui diffusait la musique folklorique des Pygmées de la Centrafrique jusqu'à l'aube, au moment où elles repartaient et me prévenaient que si je souhaitais les revoir je devrais louer une chambre d'hôtel ou les amener à mon domicile…

Un avion traverse le ciel. Il disparaît à l'horizon tandis que vous l'accompagnez du regard.

Mamba Noir ne perd cependant pas le fil de son récit :

– Mon travail était bien rémunéré, et je ne pouvais m'en plaindre : la nuit j'étais payé double, et j'avais une sorte de sécurité d'emploi puisque je ne m'inquiétais pas que quelqu'un vienne me piquer mon poste. Personne ne se bousculait au portillon pour veiller à la quiétude des morts. En quinze années de travail, je n'avais été ni inquiété ni perturbé par quelque incident que ce soit, jusqu'à ce jour maudit où je me suis gouré à cause de ma tolérance. Je m'ennuyais d'ailleurs les premières années, j'avais l'impression que c'était une sinécure. Je tuais mon temps à lire entre deux arrivées de dépouilles. Je lisais un peu de tout : les bandes dessinées, les romans policiers que j'achetais devant le cinéma *Rex*. Mais attention, je n'ai pas dit que je ne lisais que des romans policiers ! J'aimais en particulier les romans d'amour écrits par Guy des Cars, parce que cet auteur-là savait bien te raconter les choses du cœur au point que tu te laissais prendre au jeu. Mais il y avait surtout un livre que j'appréciais parmi tous…

Il fouille dans ses haillons, ressort le livre qu'il avait entre les mains en arrivant devant ta tombe. On lit à peine le titre, les pages ont jauni, le dos de la couverture est arraché.

– Oui, c'est ce livre ! La Bible de Jérusalem ! Y a tout dans ce livre : le commencement, la fin, le passé, l'avenir, le Bien, le Mal, les anges, les diables, la Terre, le Ciel, la mer, le feu, y a tout dedans, y compris le Néant ! J'étais peut-être, j'en suis sûr, la seule personne de ce pays qui lisait ce livre chaque année, de la première page à la dernière parce que tous ces chrétiens-là, ils font semblant de l'avoir lu alors que c'est faux. Et je trouvais des choses nouvelles, comme si à chaque fois une main invisible venait rajouter des vérités rien que pour m'éclairer. J'avais aussi une radio Brandt à quatre bandes, elle était utile pour écouter les communiqués nécrologiques et savoir d'avance qui allait venir reposer au Frère-Lachaise. Je notais les noms des morts, et je les attendais en les guettant depuis ma cabane. Je pouvais dire, en voyant arriver le cortège funéraire, de qui il s'agissait. Et dès qu'on l'enterrait, je rayais son nom de mon carnet d'arrivées. Quand je ne voyais pas le cadavre dont j'avais entendu le nom à la radio franchir le seuil de ce cimetière, je savais qu'il allait être inhumé ailleurs, au petit cimetière de Voungou, au cimetière de Matolo, au cimetière Mongo ou alors, pour les plus heureux qui avaient roulé sur l'or dans leur vie, au Cimetière des Riches. Lorsque je prenais ma pause quotidienne entre treize heures et quinze heures, je me faisais remplacer par mon cousin qui, lui, tremblotait de trouille. Je le préparais à prendre un jour ma relève, mais ses parents s'y sont opposés parce que le jeune homme parlait désormais seul, et la nuit il était hanté par des ombres qui l'asphyxiaient. On le voyait dans les rues de la ville se balader torse et pieds nus. J'avais expliqué à la famille que ce n'était pas du tout le boulot qui l'avait rendu fou, car du côté de son père il y avait déjà deux malades mentaux, c'était peut-être une histoire d'hérédité ou alors de malédiction, et il fallait que ses parents règlent ça au cours d'une assemblée familiale. Et voilà qu'on se liguait contre moi. On me reprochait d'avoir jeté un sort à mes propres parents dans le but d'hériter de la maison familiale. Franchement, est-ce que j'avais besoin d'une maison, moi, hein ? J'étais donc de plus en plus seul, personne ne me parlait, aussi bien du côté maternel que du côté paternel. Les deux camps étaient unanimes dans leur accusation : pour être gardien de cimetière, il fallait être un sorcier. Alors, dès que quelqu'un mourait de part et d'autre, c'est moi qu'on montrait du doigt au motif que je l'aurais ensorcelé pour recevoir son corps au Frère-Lachaise et lui faire des choses que la pudeur m'interdit de te raconter mais que tu imagines sans difficulté, je l'espère. Le pire c'est que mes familles maternelle et paternelle répandaient des rumeurs sur mon compte, dont la plus loufoque était que le cimetière du Frère-Lachaise me payait à la commission. Cela voulait dire que plus je ramenais de cadavres, plus j'étais payé, et quand il n'y en avait pas à suffisance, il fallait que je m'arrange pour qu'il y en ait. Donc, pour atteindre mon chiffre, je m'attaquais à ma famille ! Est-ce que toi, Liwa, malgré ta jeunesse et l'absence d'une barbe poivrée, tu peux croire à des choses comme ça, hein ? Est-ce qu'on accuse les sages-femmes de l'hôpital Adolphe-Cissé d'être payées par rapport au nombre de naissances et que s'il n'y en avait pas il faudrait qu'elles en trouvent par tous les moyens ? Voilà mon problème, mon petit Liwa Ekimakingaï !....

Il inspire un instant, vide tout l'air de sa cage thoracique et reprend :

– Et puis, un vieillard du côté de mon défunt père a débarqué du village pour me faire la morale, pour me dire d'arrêter de « manger » les membres de notre famille, parce qu'une cousine lointaine qui n'avait que huit ans était morte et que ce n'était pas à cet âge-là qu'un individu devrait mourir ! Moi, je croyais rêver ! Je n'avais pas rencontré cette fille de ma vie, et c'est moi qu'on accusait désormais d'être à l'origine de sa mort par des procédés mystiques ! Je ne sais même pas comment on mange un individu, moi ! Le vieillard, lui, soutenait que les féticheurs du village, ceux qui voient tout ce qui se passe dans la nuit, étaient unanimes : c'était moi le coupable, ils avaient vu mon visage se dessiner dans une « cuvette ». Comme je ne comprenais rien à tout ça, le vieillard m'a expliqué que cette pratique de la « cuvette » consistait à remplir d'eau un récipient et à demander aux esprits de faire apparaître le visage du malfaiteur à la surface une fois l'eau devenue immobile. Et selon ce vieux, c'était ma physionomie qui était apparue à plusieurs reprises ! Je lui ai dit d'aller se faire voir ailleurs, de trouver un bon ophtalmologiste à tous ces imbéciles de féticheurs. Le vieux s'est énervé, il m'a insulté, il a baissé son pantalon pour me montrer son derrière amorti, la pire des malédictions que je pouvais subir. Moi, je me suis dit, tant pis, je n'ai pas besoin de ces gens pour vivre. J'ai coupé les liens de part et d'autre, et je menais ma vie de solitaire, désormais concentré sur ma profession…

Sa lèvre inférieure tremblote de nervosité. Tu distingues deux rides verticales qui coupent son visage en deux. Jamais tu ne l'avais vu aussi renfermé :

– Il faut que tu saches tout de moi, Liwa. Dans un cimetière il y a autant d'histoires que de tombes... Je te passe les détails de mes chamaillades avec les membres de ma famille. Toujours est-il que moi, je bossais et commençais à aimer mon métier de gardien au Frère-Lachaise. Les années s'écoulaient ainsi, ma réputation de mangeur de personnes était arrivée jusque dans la ville de Pointe-Noire. On avait peur de moi quand je passais dans la rue. Et puis, un jour, alors que je lisais tranquillement ma Bible dans ma cabane, j'ai aperçu un homme et une femme en plein acte d'accouplement sur une des tombes qui se trouvent au milieu du cimetière, là...

Il montre un lieu derrière toi, tu te retournes.

– Oui, là, au milieu là-bas. C'est à cet endroit que ça se passait ! Le couple gigotait tels deux lapins sur la tombe des jumeaux de la vieille Mâ Mapassa, alors que la pauvre fillette et le pauvre gamin n'avaient rien fait de mal pour mériter une telle profanation. Au départ je m'étais dit que cette femme et cet homme étaient des créatures de l'autre monde et que c'était donc normal qu'ils fassent leur partie de jambes en l'air sur une tombe. J'ai continué à bouquiner ma Bible, mais quelque chose me disait que c'était la première fois que je les voyais au Frère-Lachaise et qu'ils étaient loin d'être des défunts, parce que je savais séparer le bon grain de l'ivraie, c'est-à-dire les vivants des décédés, et je connaissais à peu près le visage de tous mes morts, je les avais vus arriver, et la plupart de ceux qui étaient là avant moi avaient été déplacés au Cimetière des Riches au moment où on avait failli avoir une émeute dans la ville à cause des bourgeois qui ne voulaient plus que leurs morts se mélangent aux morts des quartiers populaires. Je ne reviendrai pas là-dessus, Prosper Milandou t'a déjà raconté cet épisode, et il t'a récité sans trébucher la lettre que Son Excellence Théophile-Florent Tsiba de Montaigne avait adressée au président Papa Mokonzi Ayé alias Zarathoustra pour lui conseiller de s'occuper de cette affaire...

Il s'arrête et te fixe, un peu comme s'il attendait que tu acquiesces à ces faits racontés par Prosper Milandou. Tu opines de la tête, il est plus que ravi :

– Ben voilà ! Donc, ce couple qui faisait des choses immorales au Frère-Lachaise, je ne le connaissais pas, je ne l'avais jamais vu, et j'ai quitté la cabane avec un coupe-coupe dans la main pour me rendre vers la tombe des jumeaux. Et voilà que l'homme et la femme se rhabillaient précipitamment et essayaient de s'enfuir. Par où allaient-ils passer, puisque la sortie était derrière moi ? Avec les longs et hauts murs de cette concession, il fallait avoir des ailes pour en sortir. Voyant qu'ils ne pouvaient pas se tirer de la situation, ils se sont agenouillés en signe de résignation. Je suis arrivé à leur hauteur, mon coupe-coupe levé au-dessus de la tête. L'homme m'a appris qu'un féticheur leur avait donné des instructions afin que sa femme stérile tombe enceinte. Ils devaient s'accoupler sur n'importe quelle tombe de jumeaux. La femme, qui avait la tête baissée, l'a relevée pour ajouter qu'ils n'arrivaient pas à avoir un enfant depuis une dizaine d'années, la médecine européenne ayant échoué devant leur malheur. Si tu étais à ma place, qu'est-ce que tu aurais fait, Liwa ? Les dénoncer à la police pour profanation de tombe ? J'ai eu pitié d'eux, je leur ai dit de foutre le camp. Au lieu de se relever, les deux restaient à genoux.

« Partez ! » ai-je hurlé en les menaçant de mon coupe-coupe. Rien à faire, ils ne bougeaient pas, et ils n'avaient pas l'intention de déguerpir. L'homme a murmuré qu'en fait il n'avait pas eu le temps d'éjaculer, que je l'avais interrompu au moment où c'était sur le point de venir ! Il pleurnichait, me suppliait de leur accorder un petit quart d'heure. C'était leur dernière chance, se plaignait la femme. S'ils n'accomplissaient pas l'acte, elle ne trouverait plus de raisons de vivre dans ce monde cruel où les femmes stériles souffraient de la réputation de diablesses. J'étais vraiment très embêté, je ne te le cache pas, Liwa. Si un des responsables de la municipalité arrivait et voyait ça, j'allais être viré sans indemnités. D'un autre côté, la détresse de cette femme me fendillait le cœur. J'ai fini par céder, et c'est là que j'ai commis l'erreur de ma vie. L'homme et la femme ont regagné la tombe des jumeaux. Moi je ne bougeais pas de là où je me trouvais. Je les voyais se déshabiller, reprendre leurs ébats. L'homme, au lieu de se concentrer, regardait vers moi. Conscient que je les gênais et que cela pourrait lui causer une panne sèche, je suis allé fumer une cigarette hors du cimetière jusqu'à ce que le couple passe devant moi, me remercie et reparte vers la ville en entrant dans une voiture stationnée un peu plus bas, à deux trois cents mètres de l'entrée du cimetière...

Ses yeux sont humides, sa voix tremblote. Tu sens en lui le poids des remords et sa confession, que tu ne veux à aucun moment interrompre, semble être un moment auquel il tient, une sorte de libération intérieure. Tu le plains quelque peu en t'imaginant le nombre de fois où il parle ainsi, relisant dans sa mémoire ces scènes écrites certainement à l'encre indélébile.

Il te surprend en train de rêvasser :

– Tu es avec moi ?

Tu crains de lui répondre puisqu'il t'avait dit de ne surtout pas troubler sa narration. Il est d'ailleurs satisfait que tu aies retenu la leçon, et le voilà qui redémarre telle une automobile tombée un instant en panne sèche et qui vient de faire le plein de carburant :

– Trois années avaient passé après cette histoire de couple. Le Frère-Lachaise n'avait jamais été aussi calme pour moi, jusqu'au jour où j'ai reçu la visite d'un couple. Je croyais que celui-ci venait visiter la future demeure de leur mort avant l'enterrement du lendemain. Eh bien, non, c'était ce même couple que j'avais surpris sur la tombe des jumeaux de Mâ Mapassa il y a trois ans. Mon sang n'a fait qu'un tour lorsque je suis sorti de ma cabane : deux enfants étaient derrière le couple, une fille et un garçon, les deux habillés en blanc, et ils se ressemblaient comme deux gouttes d'eau. La fillette tenait la main de son père, le garçon celle de sa mère. Je n'en croyais pas mes yeux : cette femme était donc tombée enceinte et avait donné naissance à de jumeaux ! Je les ai félicités pour cela, et les deux semblaient joyeux et très épanouis. Je me suis baissé vers les enfants pour leur dire des mots doux. La fille m'a regardé intensément, et cela m'a vraiment secoué. Pour éviter ce regard perçant, je me suis tourné vers le garçon et lui ai tendu ma main. Il l'a prise et a baissé les yeux. C'était une main si froide que j'avais l'impression d'avoir serré un glaçon. Leurs parents ont essayé de les obliger à être gentils à mon égard, mais les enfants semblaient pressés de quitter les lieux. Un quart d'heure plus tard, lorsque je raccompagnais le petit groupe devant la grande porte, j'ai vu la voiture des parents garée un peu plus bas, au même endroit que trois années plus tôt. Je suis resté devant le cimetière tandis que la famille s'éloignait. La voiture a démarré lentement sur l'avenue, en direction de la ville. En regagnant ma cabane, j'avais du mal à effacer l'image de ce regard intense de la petite, encore moins la sensation de la main gelée du petit. Instinctivement j'ai ouvert ma main : la trace de celle du gamin était restée dans la mienne. Une trace noire en forme de petite croix.

Il te montre la paume de sa main droite :

– Regarde, elle est encore là, cette trace, même après ma mort survenue trois jours après la visite de ce couple. Oui, je suis mort ici, dans ma cabane, le lendemain de la fête de l'Indépendance alors que je m'étais bien amusé avec quelques gazelles du quartier Rex. En rentrant à l'aube, je me sentais lourd, ma paume droite brûlait, et la trace de la croix gravée dessus s'épaississait. J'ai tellement eu peur que j'ai plongé dans ma Bible. Dans le chapitre de l'Apocalypse, les mots se détachaient presque des pages, les versets se mélangeaient, et tout tremblait autour de moi. La dernière image que j'ai eue était étrange : je voyais deux enfants habillés en blanc, chacun sur un cheval, avec dans les mains un glaive tranchant. Puis c'était la nuit noire, et lorsque je me suis réveillé, j'avais la sensation que tu as dû avoir, l'impression qu'une secousse avait écartelé la terre alentour et que j'avais été absorbé par un cyclone, puis projeté au-dessus d'une tombe qui allait devenir la mienne. J'étais à présent dans un autre monde, celui où nous nous trouvons toi et moi… Depuis, j'ai fait la paix avec les jumeaux de Mâ Mapassa, je m'occupe soigneusement de leur tombe, et je couvre de respect leur mère lorsqu'elle va déposer les fleurs sur leur demeure. Liwa, tu dors ?

Tu dors en effet. Mamba Noir te scrute, se penche et te hume avant de prendre la direction de la sortie du cimetière. Lorsque tu ouvres les yeux, c'est trop tard : il s'est éloigné de ta tombe. La poussière emporte les feuilles mortes, et lorsque tout redevient calme, tu regardes dans la direction où aurait pu s'en aller Mamba Noir, il n'y a plus trace de lui nulle part, et c'est comme s'il n'était jamais passé par ici te raconter son histoire…

La Femme Corbeau

C'est la première fois que tu le remarques : le ciel s'est obscurci partout, donc le jour est allé se lever dans un autre endroit du monde que le Frère-Lachaise.

Mais avant que ne tombe cette nuit, tu as reçu une ultime visite, celle de Liliane Bilongo, surnommée « la Femme Corbeau », dont la légende, clamait-elle, avait traversé les frontières du Congo pour aller jusqu'en Angola et au Gabon.

Son histoire t'a beaucoup touché. Peut-être parce qu'aussi le visage de cette femme était cramé, avec le nez qui avait quasiment disparu. Son timbre nasillard aurait été insupportable si la douceur de sa voix n'était pas venue à la rescousse. Lorsqu'elle parlait, les jets de sa salive, tels des projectiles, échouaient à tes pieds. Sans doute parce qu'il ne lui reste que deux dents de part et d'autre : des canines longues et acérées qui lui affectent l'air d'un Dracula.

Non, elle t'avait juré que tu n'avais rien à craindre, qu'elle n'avait jamais sucé le sang de ceux qu'elle qualifiait d'« ennemis de l'innocence ». On la connaissait en effet pour sa hargne contre les pédophiles de Pointe-Noire à qui elle arrachait en un seul coup de dent les parties génitales lorsqu'ils étaient dans leur sommeil. Elle qui n'avait pas eu d'enfants estimait que tous les gamins de Pointe-Noire étaient les siens et qu'elle avait le devoir de les protéger. On l'appelait « la Femme Corbeau » parce qu'elle s'habillait en noir des pieds à la tête. À l'époque où elle livrait ces batailles, elle avait une quarantaine d'années. Elle se métamorphosait alors en adolescente, et les ennemis de l'innocence tombaient dans le piège. Elle entrait dans les rêves de ces individus, et dans leurs songes ils la voyaient tous avec des traits de sirène, une longue chevelure blonde qui atterrissait à la naissance de ses reins, des yeux de poupée Barbie avec une peau noire et une démarche suggestive qui ne les laissait pas indifférents. Toujours dans leurs rêves, ces hommes la suivaient dans une chambre d'hôtel, s'étendaient sur le lit pendant qu'elle les déshabillait, les berçait avant qu'ils ne se réveillent en sursaut, hurlant au secours de toutes leurs forces. C'était trop tard : ils étaient au milieu d'une mare de sang, leur sexe avait été arraché avec une violence qui leur faisait croire que c'était l'œuvre d'une bête sauvage à la fois enragée et affamée et qui avait surgi de leur cauchemar.

Quand on a eu vent que c'était Liliane Bilongo, la stérile, celle qui n'avait pas de descendance, celle dont on ne savait rien de l'ascendance, que c'était elle qui s'introduisait dans les rêves de ces hommes et leur arrachait le sexe, les autorités se sont liguées contre elle, dénonçant une sorcellerie « qui se faisait en plein jour avec des méthodes antédiluviennes ». La rapidité de la réaction des politiciens n'était pas due à leur souci de l'intérêt général : plusieurs des individus coupables de ces crimes étaient des gens haut placés dans l'Administration publique. Ces notables, avec leurs longs bras, avaient obtenu l'arrestation de la Femme Corbeau pour « hérésie » et réclamaient à son égard le sort qu'avait subi en Angola, au XVIIIe siècle, le personnage féminin qu'on appelait Kimpa Vita.

Peu de Ponténégrins, y compris parmi les détracteurs de Liliane Bilongo, avaient compris les conséquences de ce rapprochement avec Kimpa Vita. À l'école, on ne vous enseignait pas l'histoire de cette prophétesse du royaume Kongo qui luttait pour l'union de sa terre natale. Elle avait, à cet effet, créé son propre courant religieux, se méfiant comme de la peste de ce que prêchaient les missionnaires blancs. Cela n'allait pas perdurer : le roi Pierre IV, jaloux du succès de ce courant local auprès des autochtones, fera arrêter Kimpa Vita pour hérésie. Elle mourra brûlée vive au bûcher après avoir confessé ses péchés, prenant à témoin le Dieu Tout-Puissant qui n'était intervenu à aucun moment pour déjouer cet atroce châtiment. Si l'esprit du courant de Kimpa Vita demeurait chez les plus anciens du royaume

Kongo, les missionnaires blancs s'étaient arrangés par la suite pour qu'il soit écrasé. Mais le courant avait ressuscité sous d'autres formes, avec d'autres prophètes qui reprenaient le flambeau de celle qui était devenue une héroïne, Kimpa Vita.

La Femme Corbeau avait été, elle aussi, brûlée vive au stade Tata-Loboko. Elle n'avait pas d'ouailles. Elle n'avait pas de courant religieux. Elle est partie dans l'autre monde en bonne Samaritaine, mais avec, hélas, dans la mémoire de la population, la réputation d'une sorcière qui ramenait les hommes dans un hôtel pour les assassiner de la manière la plus barbare. Parce que, disait-on pour masquer la vérité, elle avait gardé une dent contre la gent masculine, celle-là qui était incapable de lui donner une progéniture…

Lorsque Liliane Bilongo s'éloignait de ta tombe pour disparaître, comme les autres personnages, dans ce nuage de poussière qui t'était désormais familier, tu l'entendais murmurer :

– À ta place, jeune homme, je ne me rendrais pas en ville pour me venger. La chose la plus noble que tu ferais c'est de te rendre dans le monde des vivants afin d'accomplir une action qui te grandirait pour l'éternité, c'est-à-dire insuffler de la vie et de l'amour à ceux qui en ont injustement été privés...

Au Cérémonial

L'homme invisible

La nuit est tombée au Frère-Lachaise.

Tu as l'impression que tu es maintenant la seule présence après la parade de défunts à laquelle tu as assisté.

Combien de temps tout cela a duré ? Tu n'en sais rien. Tu n'en sauras peut-être jamais rien, mais cela n'a plus d'importance. C'est désormais à toi d'orienter ta vie, ou plutôt ta mort.

Tu resserres le nœud papillon. Tu t'arranges pour que les poignets mousquetaires de la chemise dépassent les manches de la veste. Tu redresses le col à trois boutons et t'assures que ton pantalon violet à pattes d'éléphant ne couvre pas le bout de tes Salamander rouges vernissées, une façon de mettre aussi en évidence tes lacets blancs.

Au fond, tu ne t'inquiètes plus que ton accoutrement paraisse ridicule aux yeux de certains. Ce n'est pas l'habit qui fait l'élégance, c'est la manière de le porter, te dis-tu.

Pendant que tu te prépares, tu imagines que dans les ténèbres les autres défunts du Frère-Lachaise épient tes gestes, se disent qu'ils étaient certains que tu irais te venger. Tu entends presque Mamba Noir leur citer le proverbe dont il revendique sans preuves l'appartenance à son ethnie :

« Seul un idiot mesure la profondeur de l'eau avec ses deux pieds. »

Tu n'es pas un idiot, te répètes-tu, tu sais ce que tu fais, et s'il faut mesurer la profondeur de l'eau avec tes deux pieds, tu le feras, ils ne te détourneront plus de ton objectif...

Tu t'orientes vers la porte de sortie.

Tu passes devant la cabane affectée au gardien du Frère-Lachaise, et tu te souviens que c'est celle dont te parlait Mamba Noir. Elle est ronde, construite en dur, avec une toiture dont les tôles viennent vraisemblablement d'être changées car, en cette nuit, elles luisent comme si elles étaient éclairées par une lune que tu ne voyais pas. La porte de cette cabane est si étroite qu'il faut se courber pour entrer, et la fenêtre est plutôt large, pourvue d'un rideau métallique de protection à moitié levé.

Tu te penches par curiosité pour voir qui est à l'intérieur.

Tu ne distingues rien, à l'exception de la faible lueur d'une bougie qui provient du fond de la pièce.

Il n'y a personne, te dis-tu, et tu poursuis ton avancée afin de quitter ces lieux. Au fond, si tu avais pris le temps de bien te pencher, de coller presque ton nez à la grille de cette fenêtre qui ressemble à un de ces guichets des établissements publics de Pointe-Noire, tu aurais vu, dans l'encoignure de la cabane, près d'un meuble métallique sur lequel trônent des fleurs fanées, cet individu rond, immobile, calé dans un fauteuil en lianes, le menton collé à la poitrine, les yeux écarquillés et posés sur toi.

Tu ne le connais pas, tu ne l'as pas croisé. Il te connaît, il t'a vu entrer au Frère-Lachaise en grande pompe, et il semble étonné de te voir repartir à la cloche de bois aujourd'hui. Il avait suivi du début jusqu'à la fin la cérémonie de ton enterrement. C'est lui qui, depuis sa cabine, en appuyant sur un bouton, avait ouvert la porte du cimetière. Puis il avait remonté la grille de protection de sa fenêtre, avant de sortir pour désigner au corbillard le lieu qu'on t'avait affecté. Il y avait du monde partout hier, et cela l'avait quelque peu agacé. Il avait hâte que cela se termine, que le calme revienne. Mais son travail, c'était aussi d'être là, de veiller à ce qui se passait. Alors, il s'était mis juste derrière les gaillards qui avaient porté et déposé ton cercueil près de la fosse. Il était surtout ému par la vieille dame qui hurlait et voulait, elle aussi, être enterrée avec toi. C'était l'inconsolable Mâ Lembé, la femme de ta vie. Les chanteuses-danseuses-pleureuses et ses collègues du Grand-Marché la retenaient, lui expliquaient que « ce n'était qu'un au revoir », que tu la précédais pour lui construire un immense palais au Paradis et que, lorsqu'elle arriverait à son tour dans l'autre monde, elle ne manquerait de rien.

Le gardien du Frère-Lachaise suivait de près les gestes des quatre enterreurs qui descendaient ton cercueil dans la fosse à l'aide de grosses cordes blanches. De même, lorsqu'ils s'étaient emparés de pelles afin de te recouvrir de terre. Et c'était à cet instant-là que les pleurs avaient décuplé. Ton départ définitif devenait une réalité, et l'assistance s'en rendait désormais compte. Mâ Lembé avait réussi à s'échapper du groupe des femmes pour se retrouver à quelques centimètres seulement de la fosse, et elle avait été rattrapée par les enterreurs au moment où elle s'apprêtait à sauter avant même qu'on ne te place à l'intérieur.

Les prières, les oraisons funèbres n'en finissaient plus. Comme si on souhaitait retarder le moment fatal. Le gardien avait grillé un paquet de cigarettes dont les mégots traînaient à ses pieds.

L'heure était venue, les pelletées de terre atterrissaient contre ton cercueil, avec une répercussion à la fois lourde et étouffée, jusqu'au moment où on n'a plus rien entendu et que la foule s'est retrouvée devant un monticule sur lequel on avait planté une croix en bois. Le gardien est retourné dans sa cabane, et pendant qu'il s'y rendait il disait presque à haute voix, remuant la tête en signe d'incrédulité :

– Ce jeune homme ne restera pas avec nous plus de quarante-huit heures, je le sens, il n'acceptera jamais sa mort…

Tu tombes sur un épieu rangé sur le côté, juste avant le grand portail. Tu te dis que ce n'est pas un outil oublié par les croque-morts, mais certainement l'arme qu'utilise le gardien du Frère-Lachaise pour se protéger la nuit contre les esprits ou les vivants qui escaladent les murs dans le dessein de voler certains biens précieux que les familles des défunts enterrent avec ces derniers. Tu te retournes pour t'assurer que le gardien n'est pas derrière toi, puis tu t'empares de cette arme en évitant délicatement de toucher la lame à double tranchant qui scintille même en cette nuit profonde.

Le portail s'ouvre. C'est le gardien qui le manipule probablement depuis sa loge. Il a compris qu'il ne pourra pas aller à l'encontre de ta volonté.

Tu sors de la nécropole d'un pas décidé pendant que le portail se referme après toi dans un bruit grinçant de machine vétuste qui n'aurait pas été huilé depuis un bon bout de temps.

Tu observes les lumières d'en bas, la ville est sans doute en effervescence, et tu décides de t'y rendre en serrant très fort la hampe de ton épieu dont tu as orienté la lame vers le bas…

Souvenirs du Cérémonial

Tu marches sur les bords de la rue du Repos, l'unique voie goudronnée qui mène du Frère-Lachaise à la ville. C'est cette même rue qu'avait empruntée le cortège qui t'avait conduit hier.

Tu entends le bruit de tes Salamander sur le bitume. Parfois tu t'arrêtes, tu te retournes afin de mesurer la distance que tu viens de parcourir, puis tu poursuis de nouveau ton chemin, conscient que ce n'est pas parce que tu aperçois la lumière à l'horizon que la cité est juste à côté. Tu as d'ailleurs le sentiment que plus tu braques ton regard vers là-bas, plus tu augmentes la distance qui te reste à parcourir. Alors, tu avances dans ces ténèbres auxquelles tu t'es accoutumé, le regard rivé sur le bitume.

Un véhicule approche, les feux de route braqués vers toi. Tu dissimules l'épieu dans ton dos, tu t'immobilises et fermes les yeux. Arrivé à ta hauteur, le chauffeur klaxonne longuement, et tu l'entends éclater de rire comme s'il se payait ta tête. Sans doute ton accoutrement, te dis-tu avant de reprendre ta marche pendant que dans tes pensées tu te revis ce samedi du 15 août où tout était arrivé, il y a donc seulement cinq jours.

Tu te revois ce jour-là, dans la même fièvre que le reste de la population car, chaque 15 août, le pays est en liesse. On célèbre la fête de l'Indépendance. Et toi, tu avais décidé d'aller passer ta soirée au *Cérémonial.*

Tu n'avais plus mis les pieds dans cette discothèque depuis plus de deux années. Les souvenirs que tu en gardais n'étaient néanmoins pas si désagréables. Sans doute est-ce pour cela que tu balayais alors d'un revers de main les propos de ces mauvaises langues qui rapportaient que cette discothèque était devenue le temple de la dépravation, le lieu où les âmes s'égaraient. D'après ces médisants, les filles qui fréquentaient *Le Cérémonial* n'étaient que des péripatéticiennes, n'importe qui pouvait les ramener chez lui pour un verre de Primus. Les Témoins de Jéhovah qui prêchaient dans les ronds-points de la ville traitaient ce lieu de Sodome ou de Gomorrhe et juraient, la main droite posée sur la Bible, qu'à l'instar des cités cananéennes d'autrefois, *Le Cérémonial* serait un jour détruit par un cataclysme en signe de punition divine.

Tu ne comprenais pas cette cabale provenant en grande partie des gens qui n'avaient encore jamais été à l'intérieur de cet établissement. Toi, tu étais plutôt satisfait des moments que tu y avais passés deux ans auparavant, et tu ne les as pas oubliés. À l'époque, tu t'en souviens comme si c'était hier, tu avais embarqué une de ces demoiselles qui s'accoudent d'ordinaire au comptoir du bar pour boire à l'œil la soirée entière, et tu n'avais pourtant pas déboursé une fortune, si tu ne tenais pas compte du seul verre que tu lui avais offert afin d'engager la conversation et du coût de la chambre à l'hôtel *La Vie et demie*. Tu ne pouvais pas inviter cette fille chez toi, Mâ Lembé t'aurait posé des questions, et de toute façon tu n'allais pas te livrer à une partie de jambes en l'air dans une pièce mitoyenne à celle de ta grand-mère. Tu ne l'avais jamais fait auparavant, au point que Mâ Lembé s'était toujours interrogée si tu étais réellement sorti de l'innocence sexuelle. Elle ignorait ainsi que lorsque tu voulais passer une bonne soirée, tu louais plutôt une chambre dans un des hôtels du quartier Trois-Cents ou du quartier Rex. Cela avait changé de cette époque où, avec tes complices Jose et Sosthène, vous vous cachiez dans des maisons en cours de construction ou des demeures abandonnées pour découvrir les secrets de cette sexualité dont aucun adulte ne vous avait présenté la feuille de route. Vous lisiez les magazines « interdits aux moins de dix-huit ans » achetés devant le cinéma *Rex*, et vous admiriez les posters de femmes blanches nues – il n'y avait pas de magazines avec des femmes noires –, vous fantasmiez devant ces poitrines incommensurables, ces derrières tracés au compas, jusqu'au jour où vous en aviez eu assez de demeurer au stade des projections, il vous fallait franchir le Rubicon. C'est-à-dire vous rendre, vous aussi, dans le quartier Rex où les prostituées, que les Ponténégrins appelaient « mamans zaïroises » et qui avaient appris à beaucoup de jeunes Ponténégrins les secrets du corps féminin, vous aideraient à ne plus hésiter devant la nudité d'une fille…

Vous étiez donc dans la chambre de l'hôtel *La Vie et demie*, avec cette fille, et elle t'avait enjoint de te magner :

– Dépêchons-nous, je dois rentrer, j'ai mon fils qui m'attend, et je dois l'allaiter à six heures du matin…

Pris de court, tu ne savais que faire. La fille t'avait néanmoins aidé à te déshabiller, puis tout était allé si vite que tu n'avais rien compris : tu t'étais retrouvé seul au petit matin, avec pour unique trace de ce qui s'était passé la nuit un préservatif qui traînait au bord du lit.

Tu étais revenu au *Cérémonial* le week-end suivant dans l'espoir de revoir la fille, ou d'en embarquer une autre à l'hôtel *La Vie et demie*. Tu n'avais pas revu la demoiselle, mais plutôt des femmes d'un certain âge qui discutaient de leur veuvage, de leur séparation ou de leur divorce. Toutes espéraient se caser le plus vite possible avec le premier coq de basse-cour venu. Dès qu'un jeune homme descendait les marches pour gagner le sous-sol où se trouvait la piste de danse, ces désespérées dressaient leurs serres, bondissaient sans vergogne sur leur proie.

Ce n'était pas de cela que tu voulais. D'ailleurs tu préférais ne pas trop te rappeler l'autre fois, juste avant la fille aux longues jambes où, faute de mieux, tu avais dû te rabattre sur une veuve maniaque et nerveuse. Celle-ci ne t'avait pas lâché d'une semelle la soirée entière et sortait ses griffes dès qu'une autre femme, plus jeune, venait vers toi. Tu étais « son jeune homme du soir ». C'est elle qui t'avait proposé d'aller chez elle alors que tu avais, comme à l'accoutumée, réservé ta chambre d'hôtel à *La Vie et demie*. Une fois à son domicile, tu n'avais hélas rien pu entreprendre. La femme, contractée, prétendait que son défunt époux vous regardait faire des cochonneries, que cela la gênait. Elle devait au préalable lui présenter ses excuses, expliquer à son défunt mari que le temps avait passé, qu'elle avait le droit d'avoir une vie après sa disparition et que ce n'était pas parce qu'il était mort qu'il devait en vouloir à la terre entière.

Jusqu'à l'aube cette veuve passa son temps à te parler de ce mari disparu, un ancien chef de gare du Chemin de Fer Congo-Océan, mort à la suite d'un accident du travail. Tu avais eu droit au récit détaillé des funérailles. La veuve t'avait expliqué comment l'héritage qu'elle espérait fut compliqué à obtenir, et elle fut déshéritée du jour au lendemain par ses beaux-frères qui se ruaient sur les biens du défunt, y compris les slips sales, les chaussettes trouées et les brosses à dents aux poils usés. Tu avais su que le cheminot avait été enterré dans un cercueil en zinc, vêtu de rouge et qu'il ne reposait pas au Frère-Lachaise, mais au Cimetière des Riches.

En tout cas, c'était peut-être à cause de cette dernière aventure avec la veuve que pendant longtemps tu avais mis une croix sur la fréquentation du *Cérémonial*. Tu n'avais pas non plus apprécié le comportement de la jeune fille aux longues jambes qui avait disparu de la circulation, comme si votre rencontre avait été une parenthèse, une erreur de sa part alors que tu estimais que vous auriez pu arranger les choses.

Tu t'étais enfermé. Tu allais au travail, tu rentrais, ta grand-mère et toi discutiez un peu, vous mangiez, puis tu te couchais. Cette sorte de routine plaisait à Mâ Lembé. Pour elle, tu entrais dans une période de sagesse. Si tu sortais, c'était dans les parages de votre domicile, souvent le long de l'avenue de l'Indépendance ou de la rue du Joli-Soir où tu achetais de la bouillie béninoise et des boules d'ambiance. Était-ce parce que tu étais commis de cuisine que tu avais horreur de mettre une marmite au feu à la maison, de peur que cela te rappelle ton travail, une activité que tu souhaitais à tout prix oublier aussitôt que tu avais rangé ton tablier et ta toque dans les vestiaires de la cuisine de l'hôtel *Victory Palace* ? Tu ne voulais pas non plus forcer Mâ Lembé à cuisiner régulièrement, même si elle le faisait encore. En général, c'est toi qui ramenais de la nourriture de ton travail, dans de petits bocaux en plastique, après avoir déjoué la vigilance de ton chef, Monsieur Montoir. Mâ Lembé se délectait, mangeait un peu de tout, mais repoussait le camembert :

– C'est pourri, disait-elle, on dirait que les Blancs n'en voulaient plus, ils l'ont jeté et toi tu l'as ramassé dans la poubelle !

Elle se délectait du vin rouge :

– Ça au moins, c'est bon, c'est pas moisi comme leur fromage…

Et vous en riiez. Tu la regardais somnoler à table, et tu savais que l'âge œuvrait désormais à grandes enjambées, mais cette femme était au-dessus du temps, comme elle le disait elle-même :

– Il y a des jours où je sens que la mort a honte de moi, et elle passe dans la rue, me regarde, s'enfuit pour aller frapper quelqu'un d'autre. Mais elle m'a quand même arraché Albertine, et ça, je ne le lui pardonnerai jamais !

Elle s'appuyait sur le bout de la table pour se lever et disparaissait dans sa chambre d'où tu l'entendais ronfler un quart d'heure plus tard…

Le commerçant et le Mananas

La soirée de la fête de l'Indépendance était pour toi l'occasion de renouer avec tes habitudes au *Cérémonial*. La boîte de nuit serait pleine, tu le savais. Chaque 15 août, c'était toujours ainsi. Ceux qui ne sortaient jamais se mettaient sur leur trente-et-un. À croire qu'il y avait des gens qui n'attendaient que ce moment-là. Toute l'année ils se plaignaient d'être fauchés, et tout à coup, le jour de la célébration de l'Indépendance, les voilà qui se mettaient à dilapider des sommes colossales, à acheter des casiers entiers de Primus ou de bières importées.

Tu t'étais préparé avec minutie.

Après ton service, vers quatre heures de l'après-midi, tu avais pris un bus pour te rendre au Grand-Marché, chez Abdoulaye Walaye, ton habilleur, comme tu avais coutume de le dire, et l'un des rares commerçants de la ville à qui tu faisais confiance. C'était lui qui t'avait conseillé cette chemise aux poignets mousquetaires arrondis avec un col à trois boutons, ce pantalon violet à pattes d'éléphant et ces Salamander rouges vernissées avec des lacets blancs.

Abdoulaye Walaye t'avait persuadé que ces habits et ces souliers n'attendaient que toi, qu'il les bazardait juste pour la fête de l'Indépendance, que la ville entière se retournerait à ton passage, en particulier les femmes.

Sensible à ces propos, tu avais oublié qu'Abdoulaye Walaye était avant tout un vendeur comme les autres et que son souci était de liquider sa marchandise au plus vite. Il se moquait comme de l'an quarante que les manches de ta veste arrivent à peine à tes poignets ou que ton pantalon soit un peu court pour ta grande taille.

– Tu n'as pas une taille plus confortable, t'étais-tu inquiété, emmailloté dans ce costume qu'il t'avait demandé d'essayer.

Comme il s'attendait à cette réaction, il t'avait répondu :

– Camarade, c'est comme ça qu'on s'habille ! Regarde-moi ça dans le miroir, c'est pas bon ça ? On dirait un Premier ministre ! Regarde tes épaules ! Quelle chance tu as, camarade !

– Et les manches ? En fait, je trouve que la veste est un peu…

– Quelles manches ? Quelle veste ? C'est bon, puisque c'est moi qui te le dis !

– Vraiment ?

– J'habille le maire, le préfet, les docteurs, tous les fonctionnaires ! Tu le sais, c'est ça qu'ils portent, ces gens-là ! Les manches de la veste sont courtes pour que celles de la chemise dépassent un peu, c'est ça l'élégance ! C'est comme à Paris !

Abdoulaye Walaye avait plié les vêtements, les avait rangés dans un sachet, agissant comme si l'affaire était déjà conclue.

À ce jeu, il gagnait souvent. Il disait un prix, emballait la marchandise avant la réponse du client.

– Je vends à perte, camarade !

Tu avais payé, tu étais sorti du magasin sans grande conviction. Arrivé chez toi, tu avais essayé à plusieurs reprises de tirer le tissu de la veste, estimant que les manches d'une chemise ne devaient au grand jamais dépasser les manches de la veste.

Résigné, tu t'étais dit que tu n'étais pas du tout ridicule puisque le maire, le préfet, les docteurs et les fonctionnaires du pays s'habillaient de la sorte...

À dix-huit heures, après ta douche, une fois habillé, le doute s'était emparé de nouveau de toi. Tu avais réussi à le surmonter : tu avais exécuté quelques pas au salon devant ton miroir que tu avais déplacé afin d'avoir un angle qui pouvait te refléter ton profil le plus avantageux.

À la fin, tu avais trouvé qu'il n'y avait rien de grave, que le costume t'allait bien. Tu ne paraissais pas si ridicule, comme tu le croyais. Tu étais fier de ta taille et, pour toi, les femmes étaient plus attirées par les grands parce que les petits, personne ne les remarque. Tu aurais été ridicule si tu avais été petit, te disais-tu. Tu te serais noyé dans ces habits…

Alors que tu devais sortir aux alentours de dix heures du soir, tu étais fin prêt à sept heures et demie, et tu piaffais d'impatience ! Tu ne pouvais plus attendre. Il fallait que tu t'occupes pendant ce temps. Tu avais eu l'idée d'aller dehors pour détendre le cuir de tes nouvelles chaussures, et surtout pour constater comment les passants jugeraient ton accoutrement.

Un vieillard s'était retourné, avait ôté son chapeau et t'avait salué.

Cent mètres plus loin, une jeune fille t'avait dépassé, indifférente et pressée de se rendre vers l'abribus du Studio Photo Vicky sur l'avenue de l'Indépendance.

Un peu plus loin encore, au croisement de la rue Kimangou-Roger et de l'avenue des Trois-Martyrs, tu étais tombé sur deux jeunes gens qui avaient pouffé de rire en te voyant.

Tu t'étais arrêté, très furieux :

– C'est de moi que vous riez comme ça ?

– Est-ce qu'on t'a même vu, nous ? t'avait rétorqué un des jeunes.

Battant en retraite, tu avais longé la rue des Martyrs avant d'entrer dans le bazar de Hamza. Ce commerçant libanais t'avait détaillé d'un air de connaisseur et t'avait dit :

– Il te manque quand même quelque chose, camarade…

– Ah bon, quoi donc ? t'étais-tu étonné, les yeux rivés sur les manches de ta veste.

– Réfléchis un peu ! t'avait répondu Hamza en touchant le bout de son nez.

– Je ne vois pas…

– Quand on est bien habillé comme ça, qu'est-ce qu'il faut de plus, camarade, hein ?

Hamza s'était éloigné vers l'arrière-boutique. Il avait pris un escabeau, gravi trois marches et saisi un flacon qu'il avait dépoussiéré en soufflant dessus.

Il était revenu vers toi, le sourire jusqu'aux oreilles :

– C'est ça qu'il te faut, de l'eau de toilette Mananas ! Ça attire les femmes, c'est moi qui te le dis !

– Il n'y a pas autre chose que ça ?

– Pourquoi, tu as un problème avec le Mananas ?

– C'est quand même avec ça qu'on chasse l'odeur des cadavres et puis…

– Qui t'a dit des conneries de ce genre ? C'est du pipeau, camarade ! Je te jure que c'est avec ça que j'ai embobiné ma femme il y a vingt ans à Beyrouth ! Alors, les gens racontent n'importe quoi. Utilise ça, je te garantis que tu me donneras de bonnes nouvelles demain !

Tu étais revenu à la maison avec ton eau de toilette, pensant que tu ne l'utiliserais pas. Pourtant, à neuf heures et demie du soir, alors que tu te peignais les cheveux une dernière fois, tes yeux s'étaient posés sur ce Mananas que tu avais laissé sur le lit. Tu l'avais ouvert et tu t'étais abondamment parfumé jusqu'à presque vider tout le flacon sur toi avant d'éteindre ta lampe-tempête et d'emprunter pour la deuxième fois la rue des Martyrs…

La cavalière du 15 août

Malgré la difficulté de trouver un moyen de transport en ce jour de fête nationale, tu avais pu attraper un taxi qui s'était de lui-même arrêté juste devant toi, peut-être parce que, croyais-tu, tu étais tiré à quatre épingles, mieux que tous les Ponténégrins. D'ailleurs, le chauffeur te l'avait un peu confirmé :

– Jeune homme, tu es habillé comme un vrai prince.

C'était aussi la première fois que tu recevais des fleurs. Et il avait démarré en trombe, prenant des artères parallèles à l'avenue de l'Indépendance afin d'éviter les embouteillages…

Le taxi t'avait laissé devant *Le Cérémonial* trente minutes plus tard. Tu avais remarqué le grand changement : tu devais sonner à plusieurs reprises, attendre qu'on ouvre après t'avoir dévisagé à travers un judas, puis tu devais payer l'entrée alors que deux ans plus tôt l'accès était gratuit.

On avait ouvert la porte, et un vigile muet comme un sphinx t'avait fouillé et reniflé avant de te faire signe, d'un hochement de la tête, de descendre les marches jusqu'au sous-sol d'où tu entendais déjà un brouhaha d'enfer.

Oui, en une année *Le Cérémonial* avait vraiment changé. Il y avait maintenant de grands miroirs de part et d'autre sur toutes les parois. On pouvait se regarder danser, et surtout observer les faits et gestes de la cavalière convoitée sans qu'elle s'en rende compte. Des sièges en velours rouge couraient le long des murs. La piste de danse avait été un peu agrandie, et elle était cimentée, mettant un terme à cette époque où l'on ressortait de la discothèque les chaussures recouvertes de poussière.

La lumière était exagérément tamisée à ton goût, il t'était difficile de bien distinguer ceux qui se trémoussaient au milieu de la piste. Des couples enlacés bougeaient au rythme de la rumba des années soixante. On jouait une chanson de Wendo Kolosoy, « Indépendance chacha ». Comment allais-tu te frayer un passage afin de retrouver ta place préférée, de l'autre côté, d'où tu pouvais balayer du regard la piste entière ?

Tu t'étais arrêté au bar, tu avais commandé un verre de rhum et tendu au barman un billet de cinq cents francs CFA juste au moment où s'achevait la chanson de Wendo Kolosoy et s'enchaînait celle de Franco Luambo Makiadi, « Liberté ».

La piste était prise d'une agitation comme à chaque début de morceau. Tu avais profité de ce remue-ménage pour fendre la foule ton verre à la main, bousculant quelques éméchés, marchant sur les orteils d'autres.

Tu étais enfin parvenu à ton endroit de prédilection et t'étais adossé contre un des deux poteaux parallèles près des toilettes pour dames. C'était là que se positionnaient généralement les petits malins, ceux-là qui dansaient le moins et espéraient aborder en toute discrétion les femmes qui sortaient des toilettes ou qui y entraient.

Tu avais bu une gorgée de rhum, et tu détaillais chaque visage du mieux que tu le pouvais. Tu ne connaissais personne, la clientèle du *Cérémonial* avait rajeuni. Les femmes d'un certain âge, les séparées, les divorcées ou les veuves avaient dû déserter l'endroit depuis, sans doute à cause de ces nombreuses minettes en jupe courte qui fixaient la barre très haut en exposant de façon suggestive leurs attributs.

Au moment où tu allais vider ton verre d'un coup sec, une main t'avait tapoté l'épaule :

– Vous me barrez la vue ! En plus je ne supporte pas votre parfum...

C'était une jeune fille, la vingtaine, les cheveux tirés en arrière, grande de taille et vêtue d'une robe noire en dentelle. L'habit moulait de très près son corps. Elle se tenait debout, droite comme si elle attendait que tu déguerpisses illico de son champ de vision. Tu t'étais écarté en bégayant des excuses que la fille n'avait même pas pris la peine d'accepter. Tu en voulais maintenant à Hamza qui t'avait conseillé cette eau de toilette répugnante. Tu te sentais vexé, touché dans ton amour-propre. L'idée t'était venue de décamper, d'aller dans un bar plus tranquille de l'avenue de l'Indépendance ou de manger des boules d'ambiance quelque part dans ton quartier.

Non, tu n'allais pas capituler. Pour qui se prenait-elle, cette fille ? Après tout, est-ce que tu devais te fier à son jugement qui n'était pas celui de toutes les femmes du *Cérémonial* ?

Jusqu'à cet instant-là, en effet, personne d'autre ne t'avait fait une remarque aussi désobligeante. Tu avais tout simplement ignoré la jeune fille.

À minuit, l'excitation avait gagné la discothèque.

Les bouchons de champagne voltigeaient sous les applaudissements. Sur la piste, on s'égosillait, on dénaturait les chansons populaires en y ajoutant des paroles obscènes.

Aux premières notes du tube de Ntesa Dalienst « Bina na ngai na respect », danse avec respect avec moi, tout le monde était entré dans la mêlée. Tu n'allais pas gâcher ta soirée à cause d'une remarque offensante venant, de surcroît, d'une inconnue ! Il fallait entrer dans la danse, et tu avais donc fait un tour de la piste afin de repérer une éventuelle cavalière.

Là encore, tu avais joué des coudes pour t'ouvrir un passage. Il faisait de plus en plus chaud et, malgré une rapide inspection, en levant les yeux vers le plafond, tu n'avais détecté aucune bouche d'aération. Un vieux ventilateur tournoyait entre les poteaux parallèles du fond où tu étais positionné, mais ses pales usées répandaient plutôt dans la salle toute la chaleur de ces corps en liesse et saisis de transe. Ne tombant sur aucune cavalière de libre, tu étais revenu vers ton lieu d'observation.

En fait, tu avais aperçu des cavalières potentielles assises sur les sièges le long du mur d'en face, mais tu t'étais laissé gagner par la timidité. Tu redoutais qu'elles t'envoient paître avec ton parfum dégoûtant. À la rigueur, tu te serais lancé si tu avais été certain que personne d'autre ne te regardait et que la cavalière en question était seule, pas en groupe d'amies comme c'était le cas pour plusieurs d'entre elles qui se parlaient ou éclataient de rire. Être rejeté dans ces conditions aurait terni la suite de ta soirée.

Revenu à ton lieu de prédilection, tu avais posé les yeux sur une cavalière un peu à l'écart, en diagonale. Même si les jeux de lumière balayaient épisodiquement l'encoignure où elle se trouvait, tu avais reconnu que c'était la jeune fille qui t'avait vexé à cause de l'odeur de ton eau de toilette. Mais voilà, elle était seule, « la seule à être seule », te disais-tu, sans des gêneurs autour, qu'est-ce que tu avais donc à perdre ? Devais-tu tenter ton coup même si tes chances de la voir se lever étaient minces ? Comment pouvait-elle accepter de danser avec un homme dont l'odeur lui était intolérable ?

Prenant ton courage à deux mains, tu avais enjambé un pouf, puis un deuxième et t'étais orienté vers la fille, d'un air décidé en fendant la piste, sans te préoccuper des râleurs dont certains t'assenaient des coups de coude.

Arrivé à la hauteur de la demoiselle, tu lui avais tendu tes deux bras, le sourire crispé. À ta grande surprise, elle s'était levée, avait rectifié sa robe et, répondant à ton sourire, elle t'avait rejoint sur la piste de danse tandis que la plupart des râleurs enviaient cet exploit…

Tu n'en revenais pas de danser avec cette fille.

Qu'en était-il de cette odeur repoussante du Mananas ? Elle t'avait avoué qu'elle avait voulu juste plaisanter et qu'elle était surprise de ta réaction. Cela t'avait rassuré, tu avais pu enfin te concentrer sur le rythme qu'imposait la rumba, car il fallait faire bonne impression afin d'espérer inviter la fille une deuxième fois. Autrement, un autre cavalier plus virtuose et entreprenant s'imposerait à ta place.

Au départ, tu évitais « le ventre contre le ventre ». Or la rumba sans « le ventre contre le ventre » n'est pas une rumba congolaise mais plutôt celle qu'on danse, bien malgré soi, avec sa sœur, sa tante, sa mère ou un membre de la famille, comme Mâ Lembé. En fait, tu tenais à démontrer à la fille que tu n'étais pas aussi vulgaire que les bandes d'agités d'à côté qui tombaient leur veste, se frottaient contre leur cavalière comme des orangs-outangs en rut.

La fille, elle, ne l'entendait pas de cette oreille. Après quelques minutes de tâtonnements où vous vous étiez observés en chiens de faïence, sans crier gare, elle t'avait serré de très près, t'obligeant à te repositionner, à glisser ta jambe droite entre les siennes et à laisser ta cavalière se tortiller dessus.

À la fois surpris et réjoui, tu t'étais abandonné un moment avant de te dire que tu devais prendre les choses en mains. Tu avais entouré la fille de tes longs bras, tu t'étais ensuite détaché, la faisant pivoter pendant que tu reculais d'un pas, avançais d'un autre, puis exécutais un brusque mouvement de corps, les épaules en biais afin de rattraper ta cavalière par la main droite.

Les filles assises de l'autre côté avaient applaudi cette prouesse technique. Ta cavalière, comblée de tomber sur un danseur d'une telle souplesse, t'avait susurré à l'oreille qu'elle n'avait jamais dansé de cette façon. Elle avait posé sa tête sur ton épaule droite et appréciait comment tu l'étreignais. La piste grouillait tellement de monde que les autres couples de danseurs vous contraignaient à vous coller de plus en plus car ils ne vous laissaient plus d'espace, et vous dansiez dans un mouchoir de poche. À partir de cet instant, vous n'aviez plus quitté la piste, vos corps ne faisaient qu'un seul tandis que le disc-jockey enchaînait les titres de rumba les plus longs et que tu étais loin d'imaginer que tu passais la dernière soirée de ta vie.

Cette danse avait duré presque une heure entière, elle aurait pu se prolonger si le disc-jockey n'avait pas capitulé devant les pressions répetées de deux individus qui réclamaient de la salsa. Ni ta cavalière ni toi ne saviez la danser. Vous aviez alors regagné les sièges du fond pour discuter…

Vous étiez assis côte à côte.

La fille était la plus bavarde de vous deux. Tu lui avais dit ton nom, et tu avais su en retour qu'elle se prénommait Adeline, qu'elle habitait avec ses parents au centre-ville, vers la Côte sauvage. « Donc chez les riches », avais-tu pensé.

À ton tour, quand tu lui avais parlé de ton lieu de travail, elle avait sursauté :

– Ah bon ? Tu es cuisinier à l'hôtel *Victory Palace*, c'est intéressant !

– Tu connais alors ?

– Mon père y mange souvent...

– Ah oui ? Et quel est son nom de famille ?

Elle n'avait pas répondu à ta question, et tu n'avais pas insisté.

– Je dois rentrer… Tu m'accompagnes ?

Tu avais du mal à contenir ta joie, tu ne t'attendais pas à une telle proposition. Elle s'était levée, avait récupéré son sac à main laissé en consigne, puis vous vous étiez orientés vers la sortie, toi derrière elle comme une ombre.

– J'ai très froid, avait murmuré Adeline.

Vous attendiez qu'un taxi passe devant *Le Cérémonial*. Le ciel n'était habité par aucune étoile, et le vent remuait les arbres alentour. Il ne faisait pourtant pas si froid en ce mois de saison sèche où la température était aux alentours de vingt-huit degrés.

– J'ai vraiment froid, avait-elle insisté.

Galant, tu avais ôté ta veste et aidé ta cavalière à l'enfiler juste au moment où arrivait enfin un taxi.

Tu lui avais ouvert la portière, elle s'était presque jetée dans le véhicule pendant que tu faisais le tour pour entrer de l'autre côté.

– Place Félix-Éboué, avait dit Adeline au chauffeur qui avait démarré sans prononcer un seul mot.

Elle te regardait à présent droit dans les yeux :

– Qu'est-ce que tu attends ?

– Pourquoi tu dis ça ? Attendre quoi ?

– Embrasse-moi !

Le taximan avait réglé son rétroviseur, tu distinguais ses yeux globuleux rouler de stupéfaction et de vice.

Tu t'en voulais soudain d'avoir été moins entreprenant et de lui avoir laissé l'initiative. Mais tu te rappelais aussi qu'elle avait vite repoussé ta main de sa jambe au *Cérémonial*.

Après une vingtaine de minutes, coincés dans cette automobile qui expectorait tous les cinquante mètres, vous entriez au cœur de l'un des endroits les plus huppés de Pointe-Noire. Ses résidents le surnommaient « le XVIe arrondissement » en référence à l'un des prestigieux secteurs de Paris alors que Pointe-Noire ne compte que quatre arrondissements. Et ce « XVIe arrondissement » est en fait une portion de l'Arrondissement 1 Patrice-Lumumba, en somme un des quatre-vingt-trois quartiers de toute la commune de Pointe-Noire. Il est aussi le centre administratif et commercial. Les habitants des quartiers pauvres l'avaient rebaptisé « quartier MTV », autrement dit « quartier m'as-tu-vu ». Le contraste était criard avec les quartiers populaires où il n'y avait aucune organisation urbaine, les propriétés y étaient vendues à la sauvette et les maisons construites du jour au lendemain en rognant une bonne partie de la voie publique. Là-bas, tout le monde peut vendre la parcelle de n'importe qui, et le titre de propriété ne vaut rien face à l'occupant qui est planté devant son terrain avec une machette ou un fusil de chasse à la main. Beaucoup, faute de moyens, se sont retranchés vers les berges des rivières ou ont jeté leur dévolu sur les places publiques jusqu'à ce que les autorités viennent les évincer et qu'on apprenne que les riches voudraient installer à ce même endroit un supermarché.

Au quartier MTV, territoire des expatriés, pour la plupart européens, et de la petite bourgeoisie noire, les demeures sont plus somptueuses les unes que les autres. Les prix de ces bâtisses ont fini par s'aligner aux standards occidentaux, les riches se livrant entre eux-mêmes à une concurrence sans merci. Il fallait posséder la maison la plus onéreuse, et cela devait se remarquer de très loin. Avocats, hauts fonctionnaires, anciens politiciens, grands commerçants, directeurs d'entreprises, tout ce monde se connaissait, constituait une caste bien verrouillée, et dans une certaine mesure ces résidents privilégiés ne laissaient pas n'importe quel quidam s'installer dans leur espace. Cela se faisait par cooptation, et c'était encore mieux, comme ils le disaient, de connaître au moins « quelqu'un qui connaît quelqu'un qui connaît quelqu'un de bien placé au gouvernement » afin que cet influent intervienne directement auprès des autorités de la ville. Et lorsque quelqu'un de ce sérail rendait l'âme, le Cimetière des Riches n'était pas loin, donnant sur la plage, à moins de trois cents mètres du wharf – l'appontement métallique utilisé dans les années 1970 pour l'exportation du minerai de potasse qui foisonnait à Tchitondi, une petite localité voisine. On ne comptait pas le nombre d'individus qui se jetaient dans la mer en empruntant le wharf, laissant penser à la population que ce lieu était le territoire des esprits maléfiques, et que c'était là que les défunts qui n'avaient pas trouvé de repos se regroupaient, condamnés à errer jusqu'à ce que d'autres disparus animés de bonté viennent les délivrer de leur calvaire. Il n'était ainsi pas surprenant de constater que les féticheurs et autres sorciers des quartiers populaires fréquentaient le wharf, pratiquaient dans ces lieux leurs cultes et jetaient dans la mer des fétiches dans le dessein de guérir leurs clients, mais aussi de lancer des sorts selon les vœux de ceux qui les avaient consultés. Au petit matin, les employés de la Voirie ramassaient sur la grève des peignes en bois, des perruques, des crânes d'animaux, des bouteilles remplies d'étranges liquides. Parfois ce n'était plus la Voirie, mais la police qui encerclait les lieux, parce qu'on avait repêché des corps et que les premières investigations concluaient qu'il ne s'agissait pas d'individus qui avaient décidé de mettre fin à leur vie, qu'il y avait « quelque chose d'autre derrière »...

Les murs qui délimitent la plupart des propriétés du quartier MTV sont peints en blanc, instillent une certaine uniformité dans les parages. L'artère bitumée débouchant sur la Côte sauvage est sans doute l'une des plus entretenues de la ville, avec de part et d'autre des flamboyants fleuris. Pendant que vous la parcouriez, tu avais au fond de toi songé à l'avenue de l'Indépendance qui coupe le quartier Trois-Cents en deux. Quel contraste !

Une voiture vous avait dépassés. Une autre encore, venant en face, vous avait aveuglés avec ses feux de route.

La voiture s'était arrêtée devant une immense parcelle dont le bâtiment sans lumière était à peine visible. Tu crus un instant que c'était dans cet étrange manoir qu'elle habitait, mais elle te dit :

– Non, ce n'est pas celle-là, c'est la troisième maison à droite.

Pour t'assurer que vous pensiez la même chose, tu lui demandas :

– Je viens avec toi ?

Sa réponse fut aussi rapide que laconique :

– Surtout pas...

Contenant à peine ta déception, tu avais rétorqué :

– Mais pourquoi tu m'as ramené jusqu'ici ?

– Aide-moi, Liwa... Viens me voir aujourd'hui à quatorze heures.

Une voiture approchait derrière vous.

Tu t'étais retourné et n'avais pas vu la jeune fille, pendant ce temps, courir vers la maison qu'elle t'avait désignée.

Lorsque le véhicule était parvenu à ton niveau, tu avais remarqué les uniformes des trois individus à l'intérieur. C'était un véhicule de sécurité privée qui devait faire une patrouille de routine dans le quartier. L'un des agents avait orienté la lumière de sa torche vers toi, en plein visage, puis la voiture avait disparu en bifurquant à droite, dans la direction du wharf.

Adeline n'était plus devant le portail.

Tu t'étais avancé jusque devant l'entrée de « cette troisième maison à droite ». Tu avais levé la tête et aperçu le dernier étage de cette résidence cossue à deux niveaux avec une piscine en toiture. Tu n'avais plus intérêt à traîner devant cette concession trop longtemps, le véhicule de sécurité qui patrouillait dans les environs finirait par te prendre pour un cambrioleur sur le point de passer à l'acte...

Tu avais noté la lumière au dernier étage, et même sur le toit, et tu avais aussi aperçu une silhouette qui était passée d'un bout à l'autre d'une pièce de ce même palier avant que la lumière ne s'éteigne pour de bon...

Tu devais à présent attraper un taxi pour regagner ton quartier, et tu ne pouvais en trouver que du côté de la place Félix-Éboué où il y avait un peu plus de circulation et où vous aviez été déposés une vingtaine de minutes plus tôt.

Lorsque tu avais enfin atteint la place Félix-Éboué, tu avais poussé un juron : tu venais de te rendre compte que tu avais oublié de reprendre la veste que tu avais prêtée à Adeline lorsqu'elle se plaignait d'avoir froid devant *Le Cérémonial.*

Tu n'allais pas repartir vers la Côte sauvage, la héler pour récupérer la veste, tu la récupérerais de toute façon à quatorze heures, rien ne pressait...

Le nom de cette fille

Tu t'étais réveillé vers midi, et tu avais dit à Mâ Lembé qui souhaitait manger avec toi que tu avais rendez-vous à treize heures avec des collègues du *Victory Palace*.

Ta grand-mère n'avait pas contenu sa surprise :

– Liwa… Quel est le nom de cette fille que tu vas voir ?

Étonné que Mâ Lembé vise juste, tu n'avais rien répondu, prenant plutôt le temps, après ta douche, de choisir ce que tu devais porter.

Sans trop d'originalité, tu avais remis les mêmes habits. Tu n'allais pas t'asperger de Mananas, l'odeur était toujours là, plus prégnante que jamais. Et elle n'indisposait pas Adeline.

À 12 h 45, tu attendais un taxi devant l'avenue de l'Indépendance. Un chauffeur avait maladroitement freiné devant toi. Tu avais demandé à être déposé à la hauteur de la place Félix-Éboué car tu voulais, toi aussi, marcher en répétant presque ce qu'Adeline avait fait plusieurs heures plus tôt...

Mais tu avais encore plus d'une demi-heure devant toi.

En face du supermarché Score, tu avais vu des gamins qui vendaient des fleurs, et tu avais acheté un gros bouquet.

Tu tournais en rond, guettant ta montre toutes les deux minutes.

À deux heures moins vingt, tu avais traversé le grand boulevard, emprunté enfin cette ruelle bitumée et bordée de flamboyants que tu connaissais à présent. Une voiture t'avait dépassé et avait failli t'effleurer, les passagers et le conducteur avaient pouffé de rire. Non, ce n'était pas à cause de ton accoutrement, c'était pour ces fleurs, avais-tu pensé.

Tu avais regardé ta montre, il était 13 h 59, et tu étais devant le portail de cette résidence qui ne t'était plus désormais étrangère.

Tu avais sonné et attendu...

Le bras droit de Dieu

Tu avais entendu des pas cadencés, comme dans un défilé, se rapprocher du portail qui s'était ouvert à moitié. Tu t'étais retrouvé devant un jeune homme en tenue militaire, une mitraillette pointée dans ta direction.

– Adeline m'a invité, avais-tu bredouillé.

Il t'avait détaillé des pieds à la tête, avait baissé son arme avant d'orienter ses yeux vers ton bouquet de fleurs et de lancer d'un ton martial :

– Entrez !!!

Une petite voix te susurrait tout à coup de rebrousser chemin, et ton sang n'avait fait qu'un tour dès que tu avais vu l'homme à la corpulence imposante, chauve, aux yeux à fleur de tête et aux tempes poivre et sel debout. Il te défiait de son mètre quatre-vingt-dix depuis l'immense plateforme d'un perron qui semblait faire le tour de la maison. Tu t'étais peut-être trompé de résidence, te disais-tu, car cet individu qui persévérait à te détailler, tu l'avais vu à maintes reprises, et il était l'un des personnages les plus influents et les plus craints de

Pointe-Noire. Votre dernière rencontre remontait à seulement quarante-huit heures.

Oui, tu l'avais servi et tu avais parfois cuisiné ses plats au *Victory Palace*. Quand le restaurant débordait de monde et qu'il fallait de l'aide, tu troquais ton activité de commis de cuisine pour celle de serveur et on te confiait quelques tables dans la grande salle. Tu le faisais non sans une certaine délectation – qui n'aurait pas été fier de servir un individu comme Augustin Biampandou et de recevoir un pourboire qui serait pratiquement la paye mensuelle d'un serveur ?

Pendant que tu t'efforçais de garder ton calme et qu'il s'apprêtait à descendre les escaliers pour gagner la paillote, à droite de la cour, tes pensées te ramenèrent à la veille de cette fête de l'Indépendance pour laquelle tu irais le lendemain passer ta soirée au *Cérémonial*. Si tu repensais à ce jour précédant la grande commémoration, c'était parce que la presse avait annoncé que trois sommités du gouvernement étaient déjà arrivées de Brazzaville afin de festoyer avec les Ponténégrins : le ministre de l'Économie et des Finances Jean-Jacques Ayibaka Natongo-Tinapokoua, le ministre du Tourisme Nakoteka Mboka-Mobobi et le ministre des Relations avec le Parlement Thierry Mokele-Mbembé. Le défilé aurait lieu sur la place Patrice-Lumumba, et tout Pointe-Noire convergerait vers ce lieu.

Augustin Biampandou avait réservé une table au *Victory Palace*, à sa place habituelle, au fin fond de la salle, près des rideaux occultants épais en velours rouge, dans une atmosphère d'intimité qu'il affectionnait. Comme tu avais été appelé à la rescousse pour servir et qu'on t'avait affecté à sa table, tu avais remarqué les trois jeunes filles assises en demi-cercle en face de lui, avec des perruques en cheveux synthétiques longs et dorés qui échouaient à la naissance de leurs reins. En t'approchant encore plus, tu avais constaté qu'elles étaient des adolescentes qui s'étaient appliquées sans succès à paraître adultes. Tu avais au départ pensé qu'Augustin Biampandou déjeunait avec ses enfants, voire qu'il était leur grand-père. Mais la manière dont il les traitait, son sourire malicieux et concupiscent, les verres de vodka que préparait la serveuse au bar d'une mine renfrognée qui renseignait sur son dégoût d'être la complice de cette situation, tout cela te confirmait que ces filles, habillées en robe très courte, avec des « talons aiguilles », étaient invitées là pour accomplir des choses d'ordinaires réservées aux adultes.

Plusieurs fois ton regard et celui d'Augustin Biampandou s'étaient télescopés, et il te faisait sentir qu'il ne souhaitait pas que tu restes longtemps autour de sa table. Tu n'ignorais pas que la plupart des gens ne le vénéraient que dans le souci de ne pas s'attirer ses foudres, ils savaient que l'homme était capable d'utiliser des moyens disproportionnés pour venir à bout de ceux qui s'interposeraient sur sa route. Augustin Biampandou traînait une lourde casserole, et dès que quelqu'un en parlait dans les médias ou dans une conversation privée dont on lui aurait rapporté les propos, il se chargeait de « régler la situation », personne n'entendait plus parler du bavard dans les jours qui suivaient. Il ne fallait ainsi jamais dire qu'il avait donné sa propre fille à l'Océan pour perpétuer son influence dans la ville, mais aussi dans le pays. C'est le vieux jardinier Georges Moutaka qui t'avait confié qu'après la mort de Samantha Biampandou la police entière s'était mobilisée dans le dessein de retrouver le corps de celle qui n'était alors âgée que d'une quinzaine d'années. Deux versions se concurrençaient quant aux mobiles de cette mort.

La première rapportait que Samantha s'était noyée dans l'océan Atlantique, près du wharf, non loin du Cimetière des Riches parce qu'elle aimait se baigner là-bas. C'était donc un accident comme il y en avait eu d'autres à cet endroit frappé de malédiction depuis l'époque où les Ponténégrins capturés et embarqués dans des navires de la traite négrière réussissaient à se détacher, à se jeter dans l'eau afin d'être mangés par les requins plutôt que de finir comme esclaves sur le continent américain. Mais les requins ne dévoraient jamais les esclaves, comme pour rappeler l'atrocité du genre humain. Les vagues, très violentes de ce côté-là, finissaient par escorter les corps jusqu'à la grève où on les retrouvait alignés et intacts pour des funérailles honorables.

On n'avait pourtant pas retrouvé le corps de Samantha Biampandou en entier : soixante-douze heures après la tragédie, les vagues n'avaient ramené que des parties issues d'un démembrement si méthodique qu'il ne pouvait s'agir que d'une entreprise humaine, et non d'un accident ainsi que le laissait entendre le communiqué officiel de la police, appuyé par le père en personne. Celui-ci avait déclaré que l'affaire était close, qu'il était temps pour lui de faire le deuil de sa fille chérie, même s'il continuerait à la regretter jusqu'à sa mort, renchérissait-il.

La seconde version, celle qui circule encore dans la mémoire populaire, était celle d'un infanticide commandité par Augustin Biampandou. Ce dernier aurait sacrifié Samantha en l'offrant aux génies des Eaux qui l'aideraient à prendre la direction du port maritime de Pointe-Noire. Il était conscient que son ami, le président Papa Mokonzi Ayé alias Zarathoustra, n'aurait jamais congédié son propre fils, titulaire de ce poste tant convoité et où l'on pouvait détourner l'argent de l'État à sa guise. Il lui fallait de ce fait recourir à la sorcellerie, celle-là qui adoucirait le cœur du président de la République au point qu'il n'aurait pas de remords à détrôner sa descendance et à privilégier son ami de longue date. Augustin Biampandou savait que cela demandait des sacrifices, et qu'il ne serait plus question d'immolation d'animaux comme le lui conseillait Angelou, la seule femme qui vivait en permanence chez lui. Elle n'était pas son épouse, Augustin Biampandou estimait que le mariage était incompatible avec le pouvoir car il obligeait à confier les secrets de son existence à une personne étrangère qui vous poignarderait un jour ou l'autre dans le dos. Sous le toit d'Augustin Biampandou, Angelou exerçait plutôt l'activité de « sorcière de maison », une pratique répandue chez les riches et les hommes politiques. Augustin Biampandou avait embauché depuis des décennies, afin de « voir venir les choses » et de les conjurer, celle-là qui avait juré d'être à ses côtés jusqu'au bout. Et c'est elle qui s'était occupée de sa Samantha jusqu'à sa disparition.

Cette fois-ci, les recommandations de la sorcière de maison ne suffisaient plus. Angelou était quelque peu froissée qu'Augustin Biampandou ne lui fasse pas confiance et se rende dans sa localité du Nord, à Sembé, où les pratiques rituelles s'inspirent de celles du peuple Wuli du Cameroun occidental. Là-bas, certains sorciers ne sont pas des êtres vivants mais des défunts qui se baladent avec une enveloppe d'apparence humaine, épousant à leur gré les traits de n'importe quel individu. Les esprits de Sembé sont boulimiques et, afin de les inciter à hâter le résultat, on leur donne en sacrifice un parent très proche, le père, la mère, la sœur, mais de préférence son propre enfant.

C'est Georges Moutaka qui t'avait confié qu'Augustin Biampandou était un des disciples les plus fidèles et les plus généreux de ces sociétés magico-religieuses de sa région à qui il donnait déjà une bonne partie de sa fortune. Ce n'était qu'après la mort de Samantha qu'on avait vraiment su que la mère de cette fille était une des plus célèbres prostituées du quartier Trois-Cents, elle s'appelait Moleka Loketo. Les Ponténégrins prétendaient qu'elle était la plus belle femme venue de l'autre Congo où, dès l'âge de dix-sept ans, elle avait exercé son activité de péripatéticienne dans le cercle des hommes du pouvoir dont certains l'embauchaient pour leurs déplacements à l'étranger. Pendant les réceptions, elle jouait l'épouse ou la compagne officielle du politicien. Sans compter que tous ces hommes politiques étaient persuadés que l'avoir dans leur lit leur donnerait encore plus de pouvoir, et ils juraient que si vous couchiez avec une femme qui a des relations intimes avec les hommes du pouvoir, vous vous empareriez de la force de ces derniers, vous pourriez par la suite les dominer, voire les anéantir et prendre leur place.

Augustin Biampandou envoyait son chauffeur dans le quartier Trois-Cents, et la Mercedes revenait une heure plus tard, escortant Moleka Loketo. Cette relation avait perduré plus d'une année, jusqu'au jour où la péripatéticienne apprit à Augustin Biampandou qu'elle était tombée enceinte. Elle devint immédiatement *persona non grata* dans la résidence. Moleka Loketo accoucha à l'hôpital Adolphe-Cissé sans recevoir une seule visite d'Augustin Biampandou. Le jour de sa sortie de l'hôpital, elle prépara une petite corbeille, enveloppa le bébé à l'intérieur et prit un taxi pour le centre-ville. Elle sonna devant la résidence du père de sa fille avant de déposer la corbeille et de regagner le taxi qui l'attendait à deux pâtés de maisons plus haut. Les pleurs du bébé étaient si stridents que cela commençait à susciter la curiosité du voisinage. Un agent de sécurité surgit de la résidence et vint prendre le bébé tandis que, depuis l'estrade de son perron, Augustin Biampandu considérait la corbeille et l'enfant dont la voix était à moitié éteinte à force de pleurer. Il lui donnerait le prénom de Samantha, en mémoire de sa défunte sœur cadette dont les Ponténégrins étaient convaincus qu'il l'avait sacrifiée pour solidifier encore plus ses liens avec le président Papa Mokonzi Ayé alias Zarathoustra. Samantha avait ainsi grandi avec pour seul repère parental ce père qui ne s'était jamais marié et qui lui fournissait le nécessaire pour son éducation. Elle bénéficiait aussi de la présence d'Angelou dont personne dans la ville ne pensait qu'elle ne jouait que le rôle de sorcière de maison.

Samantha fréquentait encore le lycée français l'année de sa disparition. Elle avait un chauffeur à sa disposition qui la baladait partout, la déposait pour ses cours de piano, de violon, de tennis ou de natation. Dans la ville on la connaissait aussi sous le sobriquet de « la fille à papa »...

Tu avais déposé les entrées sur la table d'Augustin Biampandou et de ces trois adolescentes. Tu t'étais mis un peu à l'écart, derrière lui, mais en face des trois filles, dominant du regard la salle entière. Le Directeur du port maritime se retournait sans cesse, il t'avait à l'œil, comme s'il était préoccupé par ta présence. À certains moments tu pensais avoir commis une gaffe, puis tu repassais vers la table, l'homme parlait penché vers les trois filles puis s'interrompait. Ce jeu avait continué jusqu'au dessert, et même encore lorsque les quatre s'étaient levés pour emprunter la sortie et se diriger vers l'hôtel *Atlantic Palace*, le concurrent direct du *Victory Palace*, mais surtout l'hôtel préféré des membres du gouvernement.

Au moment où il quittait les lieux, tu te disais que cet homme était vraiment puissant, et Georges Moutaka n'avait pas tort, lui qui déclarait, le doigt pointé vers le ciel, qu'Augustin Biampandou n'était pas n'importe qui. « Le bras droit de Dieu » et le président de la République s'étaient rencontrés plus de quarante ans plus tôt lorsque Papa Mokonzi Ayé alias Zarathoustra, après ses études militaires à Saint-Cyr, fut nommé Chef de l'état-major militaire de Pointe-Noire où Augustin Biampandou travaillait à l'intendance avant de rejoindre bientôt l'équipe du Maire de Pointe-Noire. Il fut celui qui présenta le président à Antoinette-Joséphine Koudia, la future Première Dame. Celle-ci travaillait comme secrétaire à la Mairie de Pointe-Noire, où Augustin Biampandou était devenu adjoint au maire chargé des finances. Le futur président l'invitait régulièrement chez lui et ne cessait de le remercier de lui avoir fait rencontrer la femme de sa vie. Lorsque des bruits coururent qu'un coup d'État se préparait à Brazzaville, soutenu par la France qui n'était plus en odeur de sainteté avec le régime en place, le Saint-Cyrien fut appelé d'urgence par le président Bernard Molelas afin de piloter la traque des putschistes planqués avec une artillerie lourde dans le quartier Bacongo, connu pour son hostilité au gouvernement. Il y eut alors ce que le pays allait qualifier de « coup d'État dans un coup d'État en cours ». Le Saint-Cyrien travailla dans l'ombre avec la France qui lui promit de le reconnaître s'il réussissait son entreprise de renversement du pouvoir. Comme il bénéficiait déjà d'un respect de la part de l'Armée Nationale Populaire grâce à son prestige de Saint-Cyr, il prit le contrôle des opérations et, en moins de deux heures, Bernard Molelas n'était plus président de la République, lui qui avait largement ouvert les portes du palais présidentiel à Papa Mokonzi Ayé en pensant que celui-ci luttait pour la cause du pays. Il laissa néanmoins le déchu traverser le fleuve pour gagner l'autre Congo et, de là-bas, s'envoler pour Bruxelles, puis pour Londres car il ne souhaitait plus entendre parler de la France, et c'est en Grande-Bretagne qu'il allait rester en exil pendant une quinzaine d'années avant de mourir d'un cancer du pancréas.

Augustin Biampandou aurait pu accepter d'entrer au gouvernement. Après tout, la femme qu'il avait présentée au président était devenue la Première Dame, et elle aurait insisté auprès de son mari. Mais il était plutôt intéressé à faire de l'argent, et ce n'était pas dans un ministère qu'il atteindrait son objectif. Le président renflouait ses poches à sa guise, lui accordait des faveurs, l'envoyait dans des missions d'où il revenait avec des « sacs de dollars », comme disaient les Ponténégrins. Il avait vécu ainsi, changeant de voiture de luxe tous les trois mois, voyageant dans les jets privés du président, jouant au golf avec les familles présidentielles des pays limitrophes qui lui ouvraient les portes de leur palais et ne le laissaient pas repartir sans lui donner « quelque chose ». Il estimait que c'était la meilleure façon de mener son existence, toujours payer cash, éviter les impôts, donner des dessous-de-table pour obtenir ce qu'on voulait. La police ponténégrine était à ses pieds, les magistrats venaient dîner dans sa résidence, le président lui-même croisait en secret plusieurs de ses féticheurs chez Augustin Biampandou. Sa vie, il voulait la finir dans l'opulence la plus extrême et, pour y parvenir, il rêvait de diriger l'une des structures les plus convoitées du pays : le port maritime de Pointe-Noire. Le chef de l'État qui, au départ, s'était catégoriquement opposé, puisqu'il lui fallait évincer son propre fils, changea spectaculairement d'avis lorsqu'Augustin Biampandou revint de sa localité du Nord et renouvela sa demande. Il rappela au président qu'il avait fait partie de ses conseillers dans la fameuse affaire du Frère-Lachaise et du Cimetière des Riches qui avait défrayé la chronique et manqué de causer une guerre civile dans le pays.

C'était lui, « le bras droit de Dieu », qui avait rassuré les riches les plus révoltés afin qu'ils continuent à faire confiance à Papa Mokonzi Ayé alias Zarathoustra. Et si ces nantis avaient remporté la victoire de posséder désormais leur propre cimetière non loin de la Côte sauvage, c'était parce qu'il avait corrompu les propriétaires terriens pour compenser les terres qu'ils cédaient. Il leur avait également promis que les biens qu'ils achèteraient en Europe ne seraient jamais taxés au port de Pointe-Noire, qu'il s'agisse de gros camions, d'autobus ou de leurs voitures de luxe. Sans cette compensation, l'expropriation de certains Ponténégrins qui avaient hérité ces terres de leurs ancêtres de l'ethnie des Vili aurait encore plongé la ville dans une confrontation dont le gouvernement aurait eu du mal à se dépatouiller.

En gros, si le pouvoir provenait de la capitale politique, Augustin Biampandou était l'œil du président de la République dans la ville économique, dont l'un des poumons était le port maritime. Le président lui devait ces voix qui votaient pour lui à Pointe-Noire où « le bras droit de Dieu » s'assurait par tous les moyens nécessaires, généralement l'intimidation, mais surtout un compagnonnage avec les forces occultes, que son ami de toujours ne soit jamais détrôné.

Papa Mokonzi Ayé alias Zarathoustra avait signé le décret nommant Augustin Biampandou comme Directeur général du port maritime de Pointe-Noire et mettant fin au mandat de son fils qui prit le lendemain le poste de Directeur général du Chemin de Fer Congo-Océan, dont le prédécesseur fut relégué au rang de directeur adjoint...

La femme en blanc

Depuis que tu as quitté la Frère-Lachaise et que tu longes cette rue du Repos, tu as le sentiment que tout bouge autour de toi, que les bruits de ton pas sur le macadam deviennent si mécaniques que tu ne les entends plus. Tu ne te rends d'ailleurs pas compte de la distance que tu as parcourue, tant tes pensées sont orientées vers tes dernières heures sur terre.

Tes grosses chaussures sont devenues légères, et une certaine célérité retrouvée te fait dire que tu sais désormais comment avancer sans éprouver de peine ou de fatigue. Tu n'as plus croisé un seul automobiliste dans un sens comme dans l'autre, et le centre-ville n'est plus loin.

Tu ne sais pas comment tenir ton épieu, et comme tu imagines que tu croiseras du monde, des insomniaques ou des fêtards qui sortiraient des bars, tu décides de desserrer ton pantalon pour placer l'arme dans ton dos, sous ta veste, et de bien resserrer la ceinture.

L'épieu est maintenant calé, tu sens son manche frotter au-dessus de tes fesses, mais tes mains sont libres, et tu peux progresser en te disant qu'il ne te reste pas plus d'une demi-heure. Tu as le regard braqué vers l'horizon tandis que continuent à défiler ces images de tes dernières heures de vie...

Dans l'après-midi de ce lendemain du 15 août, tu étais malgré toi coincé dans la résidence d'Augustin Biampandou. Ce dernier descendait enfin du perron pour parvenir à ta hauteur pendant que le gardien s'était positionné devant la sortie, s'assurant que tu n'aurais pas d'autre solution que de rester cloîtré dans la résidence et de n'en sortir que selon la volonté du Directeur du port maritime de Pointe-Noire. Ce qui t'intriguait c'était que tu avais le sentiment d'être attendu non pas par Adeline que tu n'avais toujours pas vue, mais par un petit comité d'accueil que constituaient l'influent homme et son cerbère. Les fleurs que tu avais apportées pour Adeline étaient par terre et semblaient avoir fané d'un seul coup.

Il y avait eu un grand silence pendant lequel le gardien et Augustin Biampandou s'étaient regardés comme s'ils attendaient de donner un signal, puis leurs yeux s'étaient braqués sur toi avant que le Directeur du port maritime ne fasse un signe de la tête à son subalterne et que celui-ci te désigne finalement le petit salon aménagé à l'autre bout de la cour, sous une paillote, avec une table ovale et des chaises en lianes, la plus grande, orientée vers la porte de la résidence, étant celle d'Augustin Biampandou en personne.

Angelou était sortie de la maison, vêtue de pagnes blancs. Tu savais, comme la plupart des Ponténégrins que c'était l'accoutrement des guérisseuses, mais surtout des sorcières du Nord, dans la région du « bras droit de Dieu ». Tu savais aussi que les personnages riches et influents habitaient pour la plupart avec une femme qui était soit une guérisseuse, soit une féticheuse de maison, ou les deux à la fois. La même personne exerçait parallèlement les fonctions de domestique, mais il n'était pas étonnant qu'elle soit en secret la maîtresse du dignitaire. Les guérisseuses et les féticheuses résidaient ainsi sous le toit du riche jusqu'à la fin de leur vie ou de celle de l'individu qu'elles protégeaient. Il était difficile de les congédier car le contrat était présumé avoir été signé devant les esprits des ancêtres, et ce serait s'attirer leur colère que de briser cet accord. La sorcière était là également pour soutenir et conseiller le protégé dans les décisions qu'il aurait à prendre et qui pourraient changer le cours de son existence. Elle devait prévoir, sentir ce qui arriverait de mal à la maison ou au patron, car elle était réputée posséder quatre yeux, en comptant ceux de derrière que nul ne pouvait détecter s'il n'était initié.

Tu ne te trompais pas, Angelou était bien à la fois une sorcière et une domestique, celle-là qui avait pris Samantha sous son aile dès le jour où elle avait été déposée devant l'entrée de la résidence par sa mère biologique Moleka Loketo. En ce temps-là, s'appuyant sur son rôle de conseillère, Angelou avait prévenu Augustin

Biampandou que ce geste n'était pas anodin, qu'il reprenait un épisode connu de la Bible, que toutes proportions gardées, l'abandon de la fillette devant le portail lui rappelait celui de l'enfant qui avait été mis dans un panier fabriqué avec des tiges de papyrus et déposé parmi les roseaux au bord du Nil. Et cet enfant sera retrouvé par la fille du roi d'Égypte qui passait par là pour aller se baigner. C'est ce bébé tiré des eaux qui deviendra Moïse, celui qui avait été « tiré des eaux » comme Samantha qui, dans une certaine mesure, pourrait être considérée comme « tirée de l'Océan ».

Augustin Biampandou avait pris la résolution de se débarrasser de la fillette et de l'envoyer à l'orphelinat de Loango.

Angelou s'était interposée :

– Les enfants abandonnés de cette façon ont forcément une mission à remplir, et tu ignores celle de ta fille… Elle restera avec nous, je m'en occuperai comme si j'étais celle qui l'avait mise au monde !

Elle l'avait prévenu de ne jamais toucher à un seul cheveu de la fille.

– Si tu ne changes pas ton comportement, c'est par Samantha que pourrait provenir ta déchéance…

En réalité, le Directeur du port maritime n'avait jamais écouté les conseils de la femme en blanc. Il prenait ce qui l'arrangeait, et quand il voulait se passer de ses services, il se rendait directement dans le nord du pays pour consulter d'autres sorciers, estimant que la sienne était trop modérée et compatissante, et que ce n'était pas de cette sorte qu'elle pourrait le protéger.

C'était ainsi qu'il avait balayé d'un revers de main ses exhortations lorsqu'elle lui avait révélé, une semaine avant la fête du 15 août, qu'elle voyait la défunte Samantha rôder de plus en plus dans les parages de la résidence, comme si elle avait décidé qu'il était temps de confronter son père. La nuit, ajouta-t-elle, Samantha entrait en escaladant le mur derrière la propriété ou par l'entrée principale en soufflant dans les narines du gardien afin de l'endormir profondément pendant des heures, puis elle s'asseyait sous la paillote, dans le fauteuil en lianes de son père et ne repartait qu'aux premières lueurs de l'aube.

Angelou, qui vivait au rez-de-chaussée, se levait sur la pointe des pieds et apercevait Samantha tourner en rond dans la cour tandis que le gardien ronronnait, l'arme à plus d'un mètre de lui. L'ancienne nounou, mais aussi la maman par procuration, appréciait combien Samantha n'était plus la petite fille qu'elle blottissait autrefois dans ses bras. Elle était devenue une jeune fille, avec des cheveux tirés en arrière. Quelquefois, à force de trop la regarder, la femme en blanc voyait Samantha se métamorphoser en corps morcelé, certaines parties comme mangées par les poissons. La fille lui exhibait alors le calvaire qu'elle avait vécu devant ces deux hommes cagoulés et déterminés qui l'avaient d'abord étouffée, puis départie des organes nécessaires au sacrifice exigé au Directeur du port maritime par les sorciers du Nord. Angelou comprenait que Samantha avait dans son sang le pouvoir des défunts de la région de son père, où ces derniers se promènent avec une enveloppe d'apparence humaine, épousant à leur gré les traits de n'importe quel individu.

Dans ces conditions, que cette fille s'appelle Adeline ou Samantha, elle était la même, et elle utiliserait tous les artifices pour accomplir sa mission…

Angelou avait aussi alerté son patron que le dîner au *Victory Palace* ressemblerait à la signature de son acte de décès. Celui qui l'enverrait dans l'autre monde serait dans la pièce, sous une apparence irréprochable. Ce serait en tout cas quelqu'un dont il « sentirait » pour une fois la présence alors que jusque-là le Directeur du port maritime lui prêtait à peine attention.

Augustin Biampandou aurait encore eu l'opportunité de contrer cette prémonition en annulant son déjeuner dans cet hôtel. Il n'en était pas question, avait-il tempêté. Et sa nervosité avait doublé lorsque le protocole de la primature, depuis Brazzaville, l'avait rappelé pour s'assurer qu'il allait bien s'occuper des trois ministres qui arrivaient pour le défilé dès le 14. Il savait ce que voulait dire « s'occuper des trois ministres ». Il ne s'agissait pas de leur préparer un emploi du temps officiel, il y avait des services pour cela, et ces hommes politiques se foutaient de cet agenda. Leur préoccupation était claire, et Augustin Biampandou le savait, lui qui avait déjà organisé ce type de programme pour le Président et le Premier ministre : ils ne devraient pas se sentir seuls dans leur hôtel. Et ils ne souhaitaient que la compagnie de celles qui pourraient accroître leur pouvoir, leur influence. Ils réclamaient des « petits poussins », pour reprendre leur formule.

Augustin Biampandou avait lancé ses « petits » dans les quartiers populaires à la quête de ce qu'il fallait pour ces hautes personnalités et, à treize heures, il s'était attablé avec trois adolescentes tandis que tu avais été appelé au restaurant pour les servir. Derrière toi, au bar, tu étais loin de t'imaginer que c'était Samantha qui servait les cocktails et qu'elle avait pris les apparences de Xavière dont personne ne se demandait pourquoi elle était revenue travailler alors qu'elle avait appelé dans la matinée pour signifier au patron qu'elle ne se sentait pas bien et qu'elle prendrait sa journée. Samantha réussit même à reproduire à la perfection cette mine renfrognée qui habitait souvent le visage de la serveuse Xavière. Lorsque la fille du Directeur du port maritime préparait les verres de vodka pour les filles que son père avait invitées à déjeuner, pour le personnel il s'agissait de leur collègue…

La femme en blanc avait « vu » tout cela, et elle avait instruit Augustin Biampandou qui se préparait pour se rendre au *Victory Palace* :

– Les présages sont très mauvais, ils n'ont jamais été aussi mauvais... Je vois un jeune homme drôlement habillé et qui danse avec Samantha dans une discothèque...

– Quoi, tu veux dire que quelqu'un d'autre que toi a vu Samantha ? Tu délires ou quoi, Angelou ? Cette enfant est tellement dans ta tête que tu ne vois qu'elle !

– Je ne délire pas, je n'ai jamais déliré, donne-moi un exemple d'une seule de mes visions qui ne s'est pas passée comme je l'avais rêvée !

Le Directeur du port maritime demeura silencieux, capitulant sans l'avouer devant cette femme qui lui avait été conseillée il y a plusieurs décennies par une de ses tantes de Sembé, Tala-Tala Ekossiyo, considérée comme la sorcière la plus puissante de l'histoire de cette localité. Angelou était une descendante de la caste des sorcières de Sembé, dans le Nord. Leur famille avait la réputation de détecter les défunts dissimulés derrière des enveloppes humaines afin de demeurer parmi les vivants et se livrer à toutes sortes de commerces. Sa grand-mère et sa mère étaient également des sorcières et, à leur mort, chacune transmit ses pouvoirs à la génération suivante. Personne ne laissait de biens propres puisqu'elles avaient toujours vécu chez les riches, se garantissant le gîte, le couvert et une modique somme en guise de salaire. De sa lignée, Angelou était la seule à ne pas être le fruit d'un rapport sexuel avec la personne que la sorcière devait protéger. Sa grand-mère et sa mère étaient des enfants adultérines, et toutes les deux avaient remplacé la femme de leur patron à l'issue de sa mort. Elles n'épousaient pas le richissime, elles consacraient plutôt le reste de leur existence à être à ses côtés, à s'occuper des enfants, à le satisfaire sans limites, à le servir, et surtout à le protéger jusqu'à la fin de ses jours.

– Nous pouvons encore détourner les choses, mais il faut que tu sois tolérant à l'égard du jeune homme à l'accoutrement bizarre…

– Ça veut dire quoi ? avait rétorqué le Directeur du port maritime, cachant à peine sa rage intérieure.

– Ça veut dire qu'il ne faut pas que tu te laisses dominer par la colère. Si le jeune homme meurt, la prophétie se réalisera, Samantha indiquera à l'esprit de cet homme le lieu où se trouve celui qui l'avait précipitée dans la furie des vagues. Cet homme c'est toi, ce n'est pas à moi que tu vas jouer la petite musique du crime commis par des vagabonds de la Côte sauvage ou d'un accident de natation.

– Cette histoire de Samantha ne doit pas revenir dans les informations et…

– C'est trop tard, chef, je ne cesse de voir les parties du corps de Samantha qui avaient échappé aux créatures de la mer. Ces restes et l'esprit de Samantha errent dans le quartier et ne seront en paix qu'après ta disparition. Ta fille est partout où tu te trouves….

– Y compris maintenant ?

Angelou baissa les yeux :

– Je ne peux pas répondre à cette question.

Augustin Biampandou s'était alors contenté de hurler :

– Eh bien, je suis prêt ! Advienne que pourra, j'attends que ce jeune arrive ici !

La balade

Tu étais donc là, à l'intérieur de la résidence, en face de cet homme que tu avais servi l'avant-veille au *Victory Palace* et qui t'avait paru perturbé et agité avec ses invitées.

Angelou vint près de toi, te demanda ce que tu souhaitais boire. Tu lui dis que tu ne voulais rien prendre, mais par son attitude Augustin Biampandou te poussa à changer d'avis, et tu optas pour un coca-cola.

La dame en blanc ramassa le bouquet de fleurs qui traînait par terre, eut un regard vers toi et disparut dans la maison à la suite d'Augustin Biampandou.

Les deux réapparurent une dizaine de minutes plus tard, la sorcière te fuyant des yeux avec son plateau de boissons.

Ton verre était déjà rempli, de même que celui d'Augustin Biampandou qui s'était fait servir du Chivas.

Il avala une gorgée de son whisky et te demanda d'un ton ferme :

– Qui t'a envoyé ici, hein ? C'est un coup monté par le *Victory Palace*, c'est ça ? Tu avais l'air agité quand tu me servais ! À quel jeu joues-tu ?

La gorge serrée par la peur, ne sachant quoi répondre à Augustin Biampandou dont les yeux étaient maintenant hors de leur cavité, tu saisis ton verre pour boire et gagner du temps.

– Laisse-nous seuls, Angelou ! ordonna Augustin Biampandou.

La femme en blanc eut un dernier regard vers toi, ensuite en direction du gardien qui ne lâchait pas son arme, et elle alla s'enfermer dans la maison.

Prenant ton courage à deux mains, tu t'étais levé :

– Monsieur Biampandou, je crois que je dois rentrer et...

– Assois-toi, petit con !!! s'égosilla-t-il tandis que le gardien s'était rapproché, son arme à quelques centimètres de ton crâne.

– Tu vides ton verre et tu dégages de cette maison !

Tu as soulevé le verre, tu as bu quelques gorgées, puis le contenu entier. La boisson avait un goût à la fois pimenté et de kaolin.

Tu as tourné la tête vers le gardien, puis vers Augustin Biampandou qui, désormais impassible, signala à son gardien de t'orienter vers la sortie...

Aussitôt que tu avais été poussé dehors comme un malpropre par l'agent de sécurité, tu avais longé la Côte sauvage, les mains croisées derrière le dos. Tu ne t'étais pas rendu compte que tu soliloquais. Que les vagues semblaient te répondre. Tu t'en foutais de leur grondement.

Tu te remémorais cette soirée au *Cérémonial* dont les images défilaient devant toi : la rumba « le ventre contre le ventre », les couples agités d'à côté, le rhum qui coulait à flots, les femmes qui vous applaudissaient, les danseuses et les danseurs de salsa, l'étreinte, tes caresses sur les tempes d'Adeline, ou plutôt de Samantha. L'atmosphère était presque celle d'un rêve, le temps semblait court, les choses allaient vite, et vous étiez entraînés dans une sorte de vertige. Tu suivais le courant, tu te laissais emporter.

Plongé dans tes pensées, porté par ce tumulte intérieur où le visage de ta cavalière ne te quittait plus, tu avais failli tomber en butant contre un monticule de sable.

Tu t'étais rattrapé in extremis.

Tu avais la sensation d'avoir marché sur quelque chose, et tu avais baissé les yeux : c'était ta veste orange en crêpe et à larges revers que tu avais prêtée à Samantha alias Adeline et qui était dissimulée dans le sable.

Cette découverte t'avait secoué, tu avais aussitôt ramassé ton habit et couru en direction de la place Félix-Éboué où tu t'étais jeté dans un taxi.

Devant votre parcelle, tu avais vite payé la course et, sans dire au revoir au chauffeur, tu avais couru à l'intérieur de la maison.

Mâ Lembé n'était pas là, tu étais allé directement dans ta chambre, grelottant de plus en plus de froid, tu entendais ton estomac se retourner, puis ton corps qui s'alourdissait pendant que tu t'écroulais sur ton lit.

Puis, c'était la nuit noire, et cinq jours plus tard, tu avais ressenti une secousse qui avait écartelé la terre alentour, et tu avais été comme aspiré par un cyclone avant d'être projeté au-dessus d'un monticule surmonté d'une croix en bois toute neuve.

Tu étais désormais un habitant du Frère-Lachaise…

Comme un fauve en agonie

Tu viens maintenant d'atteindre la place Félix-Éboué.

Tu longes cette artère qui t'est désormais familière et qui mène vers la Côte sauvage, le wharf et le Cimetière des Riches.

Tu ne croises aucun véhicule, il doit être plus de deux heures et demie du matin. Puisque ces parages n'ont plus de secret pour toi, plus rien ne t'étonne : ces maisons somptueuses, ces murs peints avec de la chaux vive et qui délimitent les concessions.

Tu sors ton épieu dont la lame luit avec le reflet de la demi-lune, tu le tiens dans la main droite, et tu marches lentement, presque en décomposant chaque mouvement, les yeux baissés. Tu ne t'es jamais senti aussi déterminé, ni aussi possédé par une force dont tu ne t'expliques pas la source.

Tu parviens à la hauteur de la résidence d'Augustin Biampandou, tu t'arrêtes devant le portail.

Tu hésites quelques minutes, puis tu décides de contourner la résidence. Tu découvres soudain que tu possèdes une souplesse qui te permet d'escalader le mur de la propriété et de te retrouver dans cette cour qui t'est familière.

La paillote est bien rangée, avec les sièges retournés et alignés tout autour de la table ovale qui te rappelle des souvenirs, avec ce coca-cola pimenté au goût de kaolin.

Le gardien dort sur un matelas posé par terre et contre le portail. Tu te penches et souffles longuement dans son nez. Les ronflements décuplent, on peut les entendre même hors de la concession.

Tu montes les escaliers qui mènent sur la plateforme de ce perron d'où le Directeur du port maritime te regardait de haut quelques jours plus tôt.

La porte de la maison n'est pas fermée puisque le gardien veille à tout.

Te voilà dans le salon éclairé par une toute petite lumière posée sur une commode en face. Tu es ébloui par le faste de cet intérieur moderne et luxueux, le marbre, les rideaux dorés, le grand salon, les quatre canapés avec de gros oreillers et, au-dessus de toi, le lustre géant en cristal au centre du plafond.

Il y a un couloir à droite, et des escaliers à gauche.

Tu t'orientes vers le couloir qui débouche sur un deux-pièces dont tu pousses la porte déjà entrouverte.

Tu redresses ton épieu et entres.

Une paire de chaussures pour femme traîne au milieu du salon. La chambre est en face, dont la porte est également entrouverte. Tu l'ouvres largement et te retrouves devant cette femme que tu connais, Angelou.

Elle est étendue près de la baignoire, inanimée, les yeux retournés, la bouche barbouillée d'une poudre ocre.

Tu ramasses le bout de papier qui traîne à côté et sur lequel il est écrit : « Je t'avais dit qu'il reviendrait. Adieu. »

Tu retournes dans la pièce principale et bifurques vers les escaliers que tu montes en utilisant ton épieu comme appui.

Tu atteins le premier étage.

La vue donne sur la Côte sauvage, de là tu aperçois le wharf. Dans la nuit, il ressemble à une girafe décapitée qui cherche sa tête dans l'Océan.

Un peu plus loin, ce sont les lumières éblouissantes du Cimetière des Riches.

Ton intuition te dit que des cinq portes qui se suivent en demi-cercle, la chambre d'Augustin Biampandou est celle du milieu.

Tu n'as pas tort.

Comme toutes les autres, elle est ouverte et tu t'y infiltres.

Depuis sa chambre très spacieuse, Augustin Biampandou a une vue sur le port maritime.

Il ronfle, tu devines sa corpulence massive sous ces grosses couvertures. Tu t'approches du lit, passes par le côté et, alors que tu jettes un ultime regard vers le port maritime de Pointe-Noire, tu saisis des deux mains le manche de l'épieu, tu prends de l'élan en levant bien haut les bras au-dessus de ta tête, tu serres les dents, tu fermes les yeux quelques secondes avant de planter l'arme au milieu de cette forme massive. Sans regarder la tache rouge qui est en train de s'épaissir sur les couvertures blanches, tu repars vers les escaliers.

Depuis le rez-de-chaussée tu entends des gémissements semblables à ceux d'un fauve en agonie, ils proviennent de celui qui était encore jusqu'à cet instant un des hommes les plus puissants de la ville…

L'adieu

Tu marches sur la Côte sauvage, reprenant le même itinéraire que lorsque tu avais retrouvé ta veste enfouie dans le sable.

Tu trembles des pieds à la tête, pourtant tu éprouves un sentiment de satisfaction et d'apaisement. Bientôt toute la ville de Pointe-Noire apprendra la disparition d'Augustin Biampandou, les spéculations iront dans tous les sens pour expliquer sa mort.

La mer est calme, et c'est rare de la voir entretenir une telle sérénité. Un petit vent chatouille tes oreilles. Tu es conscient qu'il suffit de te retourner pour apercevoir Samantha.

Oui, elle est là, et ce vent dans tes oreilles c'est sa respiration, c'est sa présence.

Tu marches en direction du quartier Joli-Soir, elle te suit.

Elle ne sait pas où tu te diriges précisément, mais elle est derrière toi comme une ombre...

Tu arrives enfin devant le bar-dancing *Joli-Soir*. Celui-ci est fermé, le commerçant respecte encore ta mémoire. Il ne reprendra son activité que demain lorsque tout le monde aura vraiment quitté le domicile de Mâ Lembé, il ne sait pas qu'il devra refermer sa boutique lorsqu'on annoncera qu'Auguste Biampandou n'est plus de ce monde. Le deuil ne concernera plus un unique secteur, mais toute la ville, et le président Papa Mokonzi Ayé alias Zarathoustra fera le déplacement pour ces funérailles qui n'auront rien à voir avec les tiennes…

Il y a encore quelques personnes dans votre parcelle, mais pas autant que pendant les quatre jours de tes veillées. Il ne reste plus que Sabine Bouanga et les autres femmes du Grand-Marché. Elles vont entourer ta grand-mère pendant les semaines qui viennent. Elle ne dormira pas seule dans cette maison les jours à venir, elle sera logée à tour de rôle par ses collègues qui essayeront d'alléger le chagrin, de lui parler afin que ton absence ne l'entraîne pas, elle aussi, dans l'autre monde avant que son heure n'arrive.

Te voici à l'entrée de la parcelle.

Tu voudrais voir Mâ Lembé pour la dernière fois, lui dire adieu. Tu la cherches du regard au milieu des autres commerçantes assises dehors, en cercle, en train de manger. Il n'y a pas d'électricité chez vous, elles ont allumé des bougies pour renforcer l'éclairage des deux lampes-tempête autour desquelles elles sont assises. Sabine Bouanga semble donner des instructions et continue de se distinguer, même ici, comme celle qui ne fait pas que la pluie et le beau temps au Grand-Marché. Elle est par nature charismatique et rassurante, et tu es heureux qu'elle soit avec Mâ Lembé.

Une vieille dame avec une canne et vêtue de blanc sort de la maison pour rejoindre le groupe de femmes. Sa tête est couverte d'un foulard noir. Tu ne la vois que de profil, mais tu sais que c'est elle, Mâ Lembé.

Tu voudrais qu'elle se retourne de ce côté de la rue du Joli-Soir. Hélas, comme durant le rêve le plus long de ta mort où tu la revoyais s'activer pendant tes funérailles, elle te donne encore le dos et s'est assise en face de Sabine Bouanga qui, elle, regarde dans ta direction.

Tu ne bougeras pas d'ici sans avoir vu le visage de ta grand-mère, il faut qu'elle sache que tu es passé.

Un chien aboie derrière toi. C'est ta dernière chance, te dis-tu. Il est tout noir, et tu avances vers lui. Son aboiement est si désespéré qu'il suscite la curiosité des commerçantes qui se retournent toutes et notifient la présence de l'animal à Mâ Lembé.

– Là, à l'entrée de la parcelle ! lance Sabine Bouanga.

Mâ Lembé se retourne, et vos yeux se rencontrent. Il se passe quelque chose que tu ne t'expliques pas. Un sentiment de tranquillité, le même que tu avais éprouvé lorsque tu en avais fini avec Augustin Biampandou. Un bonheur absolu qui te pousse à clore tes paupières, à remplir d'air ta cage thoracique.

Tu rouvres les yeux, ceux de ta grand-mère sont là, humides et chargés d'inquiétude. Tu aperçois ses larmes scintiller avec la lueur des bougies et, par contagion, tu pleures également, mais tes larmes coulent à l'intérieur de toi.

Le chien a disparu. Mâ Lembé se lève pour avancer jusqu'à l'entrée de la parcelle et, au milieu de son parcours :

– Liwa, c'est toi qui es là ?....

Tu voudrais dire un mot, rien ne sort. Alors, tu recules d'un pas, puis de deux et quittes les lieux en courant pendant que ta grand-mère continue à t'appeler de sa voix à moitié éteinte...

Tu ne fais pas attention à Samantha qui est toujours derrière toi. Elle a vu de loin ta proximité avec Mâ Lembé. Elle a vu ce qu'était une famille qui n'était pas celle du centre-ville.

Tu es arrivé à la hauteur de la rue du Repos et, sans te retourner, tu dis :

– Maintenant, rentre au Cimetière des Riches, Samantha, nos chemins se séparent ici...

– Non, je veux vivre avec toi.

– Ta place est là-bas, pas chez nous au Frère-Lachaise...

– Je ne reposerai pas au Cimetière des Riches où ils enterreront bientôt mon père…

Tu esquisses pour une fois un sourire pendant que tu remontes la rue du Repos, avec Samantha à tes côtés, et que résonnent dans ta tête les paroles de la Femme Corbeau :

> *« … la chose la plus noble que tu ferais ce serait de te rendre dans le monde des vivants afin d'accomplir une action qui te grandirait pour l'éternité, c'est-à-dire insuffler de la vie et de l'amour à ceux qui en ont injustement été privés… »*

Table

Du même auteur

Au jour le jour
poésie
Maison rhodanienne de poésie, 1993

La Légende de l'errance
poésie
L'Harmattan, 1995

L'Usure des lendemains
poésie
prix Jean-Christophe de la Société des poètes français
Nouvelles du Sud, 1995

Les arbres aussi versent des larmes
poésie
L'Harmattan, 1997

Bleu Blanc Rouge
roman
Grand Prix littéraire de l'Afrique noire
Présence africaine, 1998

Quand le coq annoncera l'aube d'un autre jour...
poésie
L'Harmattan, 1999 et 2020

L'Enterrement de ma mère
récit
Éditions Kaléidoscope (Danemark), 2000

Et Dieu seul sait comment je dors
roman
Présence africaine, 2001

Les Petits-Fils nègres de Vercingétorix
roman
Le Serpent à Plumes, 2002
et « Points », n° P1515

Contre-offensive
(ouvrage collectif de pamphlets)
Pauvert, 2002

Nouvelles Voix d'Afrique
(ouvrage collectif de nouvelles)
Éditions Hoebeke, 2002

African psycho
roman
Le Serpent à Plumes, 2003
et « Points », n° P1419

Nouvelles d'Afrique
(ouvrage collectif de nouvelles
accompagnées de photographies)
Gallimard, 2003

Tant que les arbres s'enracineront dans la terre
poésie
L'Harmattan / Mémoire d'encrier (Canada), 1995-2004
et « Points », n° P1795

Tant que les arbres s'enracineront dans la terre
suivi de Congo
« Points Poésie », n° P4612

Verre Cassé
roman
prix Ouest-France/Étonnants voyageurs 2005
prix des Cinq Continents 2005
prix RFO 2005
Seuil, 2005
et « Points », n° P1418

Vu de la lune
(ouvrage collectif de nouvelles)
Gallimard, 2005

Mémoires de porc-épic
roman
prix Renaudot 2006
prix de la Rentrée littéraire 2006
prix Aliénor-d'Aquitaine 2006
prix Artistes du monde du ministère français des Affaires étrangères 2006
Seuil, 2006
et « Points », n° P1742

Lettre à Jimmy
récit
Fayard, 2007
et « Points », n° P2072

Black Bazar
roman
Seuil, 2009
et « Points », n° P2317

L'Europe depuis l'Afrique
(avec Christophe Merlin)
Naïve, 2009

Anthologie
Six poètes d'Afrique francophone
(direction d'ouvrage)
« Points Poésie », n° P2320

Ma sœur-Étoile
(illustrations de Judith Gueyfier)
Seuil Jeunesse, 2010

Demain j'aurai vingt ans
roman
prix Georges-Brassens
Gallimard, 2010
et « Folio », n° 5378

Écrivain et oiseau migrateur
récit
André Versaille éditeur, 2011

Le Sanglot de l'homme noir
essai
Fayard, 2012
et « Points », n° P2953

Tais-toi et meurs
roman
La Branche, 2012
et « Pocket », n° 15300

Lumières de Pointe-Noire
récit
Seuil, 2013
et « Points », n° P3203

Petit Piment
roman
Seuil, 2015
et « Points », n° P4465

Lettres noires
Des ténèbres à la lumière
leçon inaugurale
Fayard, 2016 et Pluriel, 2019

Le monde est mon langage
essai
Grasset, 2016
et « Points », n° P4635

Penser et écrire l'Afrique aujourd'hui
(direction d'ouvrage)
Seuil, 2017

African Psycho
roman
Serpent's Tail, 2017
et « Points », n° P1419

Les cigognes sont immortelles
roman
Seuil, 2018
À vue d'œil, 2019
et « Points », n° P5003

Le coq solitaire
album jeunesse
Seuil Jeunesse, 2019

Dictionnaire enjoué des cultures africaines
(avec Abdourahman A. Waberi)
Fayard, 2019
et Pluriel, 2020

Rumeurs d'Amérique
roman
Plon, 2020
et « Points », n° P5427

RÉALISATION : NORD COMPO À VILLENEUVE-D'ASCQ
ACHEVÉ D'IMPRIMER SUR ROTO-PAGE
PAR L'IMPRIMERIE FLOCH À MAYENNE
DÉPÔT LÉGAL : AOÛT 2022. N° 141321 (100421)
Imprimé en France